伊勢神宮と人麿

倭姫神話と御座所

南 笠巣

東京図書出版

はじめに

　今年73歳になる爺ジです。

　数年来、『万葉集』『古事記』『日本書紀』を読んで楽しんでいます。古代史の謎めく所に魅せられ続けています。埼玉県行田市の稲荷山古墳を訪れ鉄剣銘を読んだり、『万葉集』の漢字原文を読むうちに、我が国の文字の進化ということを考えるようになりました。そして、読書や現地訪問の経過とともに、私家製本として『日本のメソポタミアから文字を追う』や『お伊勢参り ― 追想 ―』を作り、今回この『伊勢神宮と人麿』ができました。振り返ってみると、書くことで理解を深めていることを実感しています。そのせいでしょう、私爺ジの文章は、スタートから行く先が決まっていなくて、書き進む内に、いわば船が漂流して漂着地にたどり着くような、タドタドして何時か何とかしてまとめを見つける、そのような形で進んでいきます。思考の漂流の果てるのを求めた本と言えるでしょうか。だから読む方は読みづらいと思います。私爺ジの趣味の一里塚ですから悪しからず。

　今回、伊勢神宮へのお参りを機会に、『万葉集』巻13の詠み人知らずの歌13-3234,5を"伊勢神宮賛歌"だと発見しました。それ以来、様々な考えが湧いてきました。そして、この歌を読み込むという形で書き進めてみたのです。この歌が、柿本人麿の作との着想を得たことから出発しました。人麿と伊勢神宮とには沢山の謎がありましたから、今回の思考の漂流は大いに楽しいものでした。子供の頃、シャーロック・ホームズの謎解きにワクワクしたように面白かったのです。

　沢山ある人麿や伊勢神宮の関係本に、今新たに私爺ジが1冊追加するには、他と違う主張があるからです。

今回"伊勢神宮賛歌が初代斎宮を歌った人麿674年10月の作"と言う事や、"人麿の新しい見方"など、また"五十鈴川の呼び名の出来た経緯"などを提示できたと思っています。思いの外は、神宮の御座所の変遷に気づいたことです。さらには最後に、伊勢神宮の大事な禁忌(タブー)まで想像できたのです。専門家はこんな大胆なことは言えないのだと思います。
　素人の爺ジだからこそです。案外的を射ていると自負しています。
　人にもこの楽しみが理解してもらえるようにと努めましたが、十分な出来でないでしょう、でも、是非読んでみて下さい。

南　笠巣

目　次

はじめに I

序章　伊勢神宮賛歌だ！　謎解きを楽しもう 5

第1章　証明　人麿の創始歌詞 9

第2章　人麿は神話を熟知していた（記紀に記録される前に）................ 20

第3章　御食都国　神風之　伊勢之国 27

第4章　国見歌 30

第5章　「ここをしも　まぐはしみかも」................................. 32

第6章　石の原に内日さす大宮　どこ？ 35

第7章　人麿の年齢について 39

第8章　伊勢神宮賛歌（長歌）の結びの13句 41

第9章　反歌3235の意味するもの 43

第10章　伊勢神宮賛歌の　まとめ　と違和感 46

第11章　大宮の御坐所（延暦23年の『大神宮儀式』から読む）............... 47

第12章　歌物語　― 哀れを歌う ― 54

第13章　五十鈴川の名前のできるまで 59

第14章　私の　人麿 64

第15章　前章までを書き終えた後での　追加の3題 73
　　　　1、仙覚と長田王と伊勢
　　　　2、宗教の生まれた頃
　　　　3、高倉山古墳の主

　　　　おわりに 86

　　　附録1　「天照大神」と「スサノオ命」の概略系図
　　　附録2　農耕と歴史（メソポタミア、中国、朝鮮、日本）
　　　附録3　文字を追う天皇系図
　　　附録4　万葉四歌人の略年表
　　　附録5　『万葉集』の皇族たち

　　万葉歌については"講談社文庫『万葉集』全訳注原文付㈠㈡㈢㈣　中西進　2012年版"を、記紀については"『古事記』倉野憲司校注　岩波文庫　1994年""『日本書紀』全五冊　坂本太郎・家永三郎・井上光貞・大野晋校注　岩波文庫　2013年"を利用しています。

　　特に断りがない場合、本文中の文庫は講談社文庫『万葉集』を指します。

序章　伊勢神宮賛歌だ！　謎解きを楽しもう

　私たちは『万葉集』を持っています。私たちの"宝"です。誰でも、一つや二つ、自分の好きな歌を口ずさむ事が出来るでしょう。万葉秀歌を鑑賞すれば心はその場に飛んで行きます。しかし、『万葉集』には沢山の謎があります。その謎解きがまた楽しいのです。

『古事記』『日本書紀』は、奈良盆地の南部に、初めての王朝ができたことを伝えています。
　そこには青人草(アオヒトクサ)がいて、王朝人(ビト)がいたのです。　　　　　（注：「青人草」は附録1　を参照）
　数々の万葉歌は当時の人々の文化活動でした。
　身分差の著しい時代でした。その時代に歌は集団で楽しむ娯楽となっていたのです。
　青人草にも、王朝人にも。
　万葉歌は、王朝人の歌が大半ですが、青人草たちの歌も多いので嬉しいのです。
　王朝人の目は専ら自分たちの、そうです特権階級の世界に限られていたのです。
　青人草の貧しさは、山上憶良によって初めて具体的に書かれたのでした。
　そういう『万葉集』ではありますが、一たび読み始めると、我が事のように、面白いのです。
　今回、『万葉集』の全20巻ある中に、巻13に注目します。
　この巻は宮廷に集められていた歌で、古くから王朝人の儀式や娯楽に使われたようです。男の夜這い歌に、「そんな、あなた、天皇よ、父も母もいるんですよ、駄目ですよ、でも来て欲しい」と答える女歌（13-3310,1～3312,3）などもあります。
　そんな王朝文化を味わえる巻13です。

　その巻13の巻頭には、三輪山や初瀬川に関る歌があり、次に吉野の滝の歌があり、続いて**伊勢国の大宮**の歌が出てきます。これは伊勢神宮の歌にちがいないのです。ですが、この歌は、作者は不明で、宮廷詞章の巻13にあるせいか、万葉学者たちに余り論じられる事もなくひっそりと納まっている感じなのです。
　私は、伊勢神宮にお参りする時、心が洗われる清々しさを感じます。

伊勢神宮は、いわば日本の象徴であり、日本の誇りとする存在だと思います。
　その伊勢神宮の賛歌だと思うこの歌に光をあてたい！のです。

　『万葉集』巻第13の3234とその反歌3235のことです。
　ここに、"**大事な漢字の原文**"と読みを併記します。

<ruby>八隅知之<rt>やすみしし</rt></ruby>　<ruby>和期大皇<rt>わご大君</rt></ruby>　<ruby>高照<rt>たかてらす</rt></ruby>　<ruby>日之皇子之<rt>日のみこの</rt></ruby>
<ruby>聞食<rt>きこしをす</rt></ruby>　<ruby>御食都国<rt>みけつくに</rt></ruby>　<ruby>神風之<rt>神風の</rt></ruby>　<ruby>伊勢之国者<rt>伊勢の国は</rt></ruby>
<ruby>国見者之毛<rt>国見ればしも</rt></ruby>　<ruby>山見者高貴之<rt>山見れば高く貴し</rt></ruby>　<ruby>河見者左夜気久清之<rt>川みればさやけく清し</rt></ruby>
<ruby>水門成<rt>みなとなす</rt></ruby>　<ruby>海毛廣之見渡<rt>海も広見渡しの</rt></ruby>　<ruby>嶋名高之<rt>島も名高し</rt></ruby>
<ruby>己許乎志毛<rt>ここをしも</rt></ruby>　<ruby>間細美香母<rt>まぐはしみかも</rt></ruby>　<ruby>挂巻毛<rt>かけまくも</rt></ruby>　<ruby>文尓恐<rt>あやにかしこし</rt></ruby>
<ruby>山辺乃<rt>山辺の</rt></ruby>　<ruby>五十師乃原尓<rt>いしの原に</rt></ruby>　<ruby>内日刺<rt>うち日さす</rt></ruby>　<ruby>大宮都可倍<rt>大宮仕へ</rt></ruby>
<ruby>朝日奈須<rt>朝日なす</rt></ruby>　<ruby>目細毛<rt>まぐはしも</rt></ruby>　<ruby>暮日奈須<rt>夕日なす</rt></ruby>　<ruby>浦細毛<rt>うらぐはしも</rt></ruby>
<ruby>春山之<rt>春山の</rt></ruby>　<ruby>四名比盛而<rt>しなひ栄えて</rt></ruby>　<ruby>秋山之<rt>秋山の</rt></ruby>　<ruby>色名付思吉<rt>色なつかしき</rt></ruby>
<ruby>百磯城之<rt>ももしきの</rt></ruby>　<ruby>大宮人者<rt>大宮人は</rt></ruby>
<ruby>天地与<rt>あめつちと</rt></ruby>　<ruby>日月共<rt>日月と共に</rt></ruby>　<ruby>万代尓母我<rt>よろづよにもが</rt></ruby>　　　13-3234

　　反歌
<ruby>山辺乃<rt>山辺の</rt></ruby>　<ruby>五十師乃御井者<rt>いしのみいは</rt></ruby>　<ruby>自然<rt>おのづから</rt></ruby>　<ruby>成錦乎<rt>なれる錦を</rt></ruby>　<ruby>張流山可母<rt>張れる山かも</rt></ruby>　　13-3235

　この歌について、誰が？　何時？　何処で？　歌ったかについて、思いつく限り論じてみたいと思います。
　"楽しい謎解き"の対象にこの歌を選びます。
　ぜひご一緒に謎解きを楽しんで下さい。この賛歌の古代の年代を出来

る限り理解できるように解きほぐしていきます。
　　　　人麿の見方が変わりますよ。年金生活の老人の痴呆防止の手慰みとあなどるなかれ！

　先ずは、さわりに面白さの一つを示し導入部としましょう。
　この歌の「ここをしも　まぐはしみかも」は「ここをこそ、お目を細めになって麗しい所だとお気に入りになさったのでしょう」と訳しましょう。それは、『日本書紀』垂仁天皇の25年3月の箇所（条と呼ぶ）にある、倭姫（ヤマトヒメ）が今の桜井市の三輪山のふもとから、天照大神（アマテラスオオミカミ）をお連れして新しい鎮座の所を求めて旅をされた時、伊勢に来られて天照大神が「美しい国だ。この国に居たいと思う」と仰（オッシャ）ったことを言っているのです。
　この伊勢神宮賛歌は、他にも面白い事が沢山想像できます。それを、順番に展開していきたいと思います。
　あくまでも誰が？　何時？　何処で？　を追う形で。

　以下に、13-3234,5の歌を冒頭から歌詞（ウタコトバ）を区切り、順番に取り上げて、各章として見て行く事にします。

7

第1章　証明　人麿の創始歌詞(ウタコトバ)

　　　　「やすみしし　わご大君　高照らす　日の皇子」
　この章では、長歌の冒頭の四句について検討します。
「八方をお治めになる我が大君、高く照らす太陽の御子」で、天皇(広くは皇子も含む)の事を言う歌詞です。
　　意味は、崇め奉る気持ちの繰り返しで、前2句A＝後2句Bです。
『万葉集』を何度か手にした人なら、冒頭の4歌詞が、人麿の歌によく使われていることは、ご存知でしょう。この4歌詞の中から、人麿だけの特異な歌詞を抽出してみせます。以下に、単純な作業を機械的にこなして、三つの表を作りました。これらを、
　　　　"「高照らす日の皇子」Bは人麿の創始歌詞の証明表"
と呼びたいと思います。
　表1と表2で、簡単に歌詞Bは人麿が一番早くから使っていたことが理解できます。この章はこの証明をしただけでも一つの成果を上げたわけですが、これだけでは終わりたくないので、以下に三つの表について説明を加えて行きます。謎解きに、大変大事な部分なのです。
　　表1　万葉13-3234の冒頭四連句を持つ万葉歌　Ａ＋Ｂの歌

年代	巻-番号	歌の略題	作者	大君・皇子の該当者
692年	1-45	「軽皇子の安騎の野」	人麿	軽皇子 (後の文武天皇)
693年	2-162	「持統天皇の夢裏習」	持統	天武天皇
693年	1-50	「藤原の役民の作歌」	不明	持統天皇
694年	1-52	「藤原宮の御井の歌」	不明	持統天皇
699年	2-204	「弓削皇子の挽歌」	置始東人	弓削皇子
700年	3-239	「長皇子の狩猟の時」	人麿	長皇子 *(682年？)*
700年	3-261	「新田部皇子に奉る」	人麿	新田部皇子 *(690年？)*

　年代の斜め数字は推定されたもので、それ以外は題詞などで年代が確定できるものです。推定を要した歌二つと、1-45も基準歌として、また、ついでに2-162と1-52を章末に、文庫の読み下し歌を掲載しておきます。

表2　AかBかの一方だけの万葉歌

A 「やすみしし　わご大君」	B 「高照らす　日の皇子」
1-3　間人連老 (舒明天皇の狩りで 630年?)	
1-36,38　柿本人麿 (持統天皇吉野宮で 690年?)	
1-152　舎人吉年 (天智天皇挽歌 671年)	
1-155　額田王 (山科御陵退散の時 672年)	2-167　柿本人麿 (日並皇子挽歌)
1-159　持統天皇 (天武天皇挽歌 686年)	2-171　舎人 (日並皇子挽歌) 高光る
2-199　柿本人麿 (高市皇子挽歌 696年)	2-173　舎人 (日並皇子挽歌) 高光る
3-329　大伴四綱 (大宰府にて 730年頃)	（上3首689年草壁皇子薨、持統3年）
6-917　山部赤人 (724年聖武天皇紀伊幸)	5-894　山上憶良 (遣唐使への歌)
6-923　山部赤人 (やすみししわご大君高知らす吉野の宮 725年)	（733年高光る　日の朝廷ミカド）
6-926　山部赤人 (吉野の宮で)	
6-938　山部赤人 (印南野の海で)	
6-956　大伴旅人 (728年大宰府で) やすみししわご大君の食国は倭も此処も同じぞ思ふ	
6-1005　山部赤彦 (736年吉野離宮幸)	
6-1047　田辺福麿 (やすみししわご大君の高敷らす日本の国は)	
6-1062　田辺福麿 (744年やすみししわご大君のあり通う難波の宮は)	
19-4254、4266、大伴家持、751・752年の応詔準備歌	

表3　『古事記』『日本書紀』のAとBの歌

	A 「やすみしし　わが大君」	B 「高光る　日の御子」
『古事記』	29　ミヤズ姫 (ヤマトタケル命に答えた歌)	29　ミヤズ姫 (ヤマトタケル命に答えた歌) BAの順
	97　雄略天皇 (吉野宮でアキツほめ)	73　タケノウチスクネ (仁徳天皇に雁卵の答え)
	98　雄略 (葛城山で猪に恐れる)	100　伊勢国二重のウネメ (雄略にハツセの槻下で)
	104　春日のオド姫 (雄略に、アセヲ)	101　皇后若日下部王 (雄略に100に続いて)
		102　雄略 (101に続いて) (日の宮人)
『日本書紀』	63　タケノウチノスクネ (記73略同もABが交替している)	
	76　雄略天皇 (記98と略同じ)	
	97　春日皇女 (継体7年、勾大兄皇子に夜明けに答える)	
	102　蘇我馬子 (推古天皇に) 推古20年 (612年?)	

▪ 表1について

『万葉集』に冒頭四歌詞をＡ＋Ｂのセットで持つ歌を選び出したもので、７つありました。作歌の年代は歌の鑑賞上大変重要な情報で、できるだけ正確にしたいものですが、上から５つは巻１と巻２の歌で、幸い作歌年代がほぼ間違いなく判明できます。しかし、巻３になるとかなりあやしくなり年代推定が難しくなります。上から順に見ていきましょう。

　最初の1-45の軽皇子の安騎の野の狩りが、持統天皇６年（692年）の歌の次にあり、講談社文庫『万葉集』の注に、「持統天皇６、７年の冬か」と推定されています。これから、持統天皇６年（692年）とできます。軽皇子は文武天皇になりますが崩御は707年です。その没年は『懐風藻』に「没年［25］」とありますから、707年25歳なら683年１歳の生まれとなります。これにより作歌の692年は皇子10歳での狩りの時となります。

　軽皇子は草壁皇子の子供です。この歌の時692年は父草壁 (28歳の薨去) の死689年からまだ３年です。人麿はその父・草壁の狩りを思い起こさせていたのです。歌の理解に違和感はありません。(歌は p-18参照)
　軽皇子はこの５年後697年15歳で、２月立太子、８月天皇に即位しました。
　この推定での情報「皇子10歳で狩り」は大事な指標としてあとの歌でも利用します。

　歌2-162は持統天皇の歌ですが、天武天皇 (686年没) の崩御８年後の御斎会で、前年 (692年2月) に臣下が諫めるのも無視して伊勢に幸(ミユキ)したことを気にしていたのか、亡き夫に夢で問い合わせた。そんな特殊な歌だと思います。(あるいは、途絶えている伊勢祭祀を案じていたのかも。) (歌は p-19)

歌1-50は藤原京建設の役民が作ったと白々しく感じるタイトルですが、この役民は税として徴用された人ですが単なる労働者とは限りません。或いは代作者がいての歌を天皇に献じる儀式の歌だったでしょうか、都の建設工事を寿ぐ賛歌といえます。

歌1-52は藤原京の東西南北を眺め渡す国見歌のような、宮ほめ賛歌です。(p-19に歌)（本当は、私は歌中の御井を吉野の宮滝のこととしたいのです。女帝は31回も御幸(ミユキ)したのですよ。また、弓削皇子が、吉野に従駕し、額田王に贈った2-111「いにしえに恋ふる鳥かもゆづる葉の御井の上より鳴き渡りゆく」もありますし。）

歌2-204は弓削皇子(ユゲノミコ)の26歳での葬儀への挽歌。人麿が弓削皇子に5首（巻9-1701など）も歌を献じている仲なのに、なぜ挽歌を歌わなかったのか不審ですが、『万葉集』にこの挽歌の後に、人麿の『軽の路(カルノミチ)』の妻の死の挽歌（2-207）が有るので、喪中という事もあったのでしょうか。
置始東人(オキソメノアヅマビト)の歌は形式的で単純です。

歌3-239と歌3-261とは『万葉集』の巻3にあり、歌の並びの順番からなんとなく700年作としてみましたが、両歌の内容が、**幼い皇子**にふさわしいので、**再考**してみました。「皇子10歳で狩り」の指標を利用し、再考結果は**赤数字**で示しました。

歌3-239は「長皇子(ナガノミコ)の狩猟の時」ですが、これもその反歌3-240
　「ひさかたの天(アメ)ゆく月を網に刺し我が大王(オオキミ)はきぬがさにせり」
から子供の皇子に似合います。春の夜、山の池の辺に狩りの宿を構え、そこには鳥を採る網が懸けられていて、網を透して月が見えたのでしょう。その様を、皇子は網で月を捕らえて夜空の下に笠にしている、と詠んでいます。もう一つの反歌3-241でも池を海に見立てます。これらも、長皇子は10歳と見たいと思います。しかし、長皇子10歳はい

つか？　実は、長皇子の弟が弓削皇子で、先に見た置始東人の歌2-204「弓削皇子の挽歌」の主人公です。薨去の699年26歳と私はしています。ですから兄の長皇子は699年は27歳だと推定します。持統天皇7年(693年)、浄広弐に叙され、これを21歳とする見方とも合致しています。これから、長皇子10歳は**682年**ぐらいとなります。大きく違っている事はないと思います。作歌時期は18年も若返りました。

　歌3-261の新田部皇子(ニヒタベノミコ)は『続日本紀』文武天皇4年（700年）正月浄広弐を授かっています。それが令による最初の叙位の21歳の事と見ます。700年21歳なら生まれ1歳は680年です。歌はこれの反歌3-262「矢釣山(ヤツリ)木立も見えず降りまがう雪の騒ける朝楽(アシタタノシ)も」から判るように、明日香の皇子の住まう里に雪が降って楽しいと歌っているのです。10歳ぐらいの皇子に献じる歌で、余り青年になってしまってはこんな歌は献じられないと思います。ですから歌261は新田部皇子が10歳の**690年**頃と改めたいと思います。

　以上で表1は終りますが、表2に進む前に「皇子10歳で狩り」の指標を当てはめてみたい歌があります。これがこの指標の有効性を示していると思います。枠書きにしておきます。

話は寄り道になりますが、『万葉集』巻3の冒頭の歌を見ます。
　3-235 「大君は神にし座せば天雲の雷の上に庵らせるかも」は、題詞にあるように持統天皇が雷の岳に遊ばされた時に人麿が献じたと言われていますが、左注があり、或る本に「忍壁皇子に献れり」として、
　　　　「王は神にし座せば雲隠る雷山に宮敷きいます」
を紹介しています。これは、まだ幼い忍壁皇子に似合います。これも、先ほどのように、忍壁皇子10歳の遊びの事とすればどうなるか。
　忍壁と河島皇子は天武天皇10年(681年)中臣大嶋らと修史事業を開始したと『日本書紀』に書かれています。修史事業の開始時、河嶋は681年25歳（懐風藻から35歳没、と『紀』の持統天皇5年〈691年〉9月没から推定）です。忍壁皇子はそれよりずっと若いとしても17歳ぐらいが適当でしょう。681年17歳とすると「忍壁皇子10歳の狩り」は674年（壬申の乱の2年後）となります。
　これは人麿の最古の歌か？　となるのです。
　以上の見方は、革命的過ぎますか？　この歌を良く味わって下さい。10歳ぐらいの王子に「王さまみたい、神様みたいで、雲の上の雷の丘をお住まいにしている」とおだてて、はやしたのです。また、持統天皇は人麿が王子をおだてて王にして詠んだのを知っていたはずです。ですから、この現『万葉集』の題詞と自らに献じた<u>お世辞？替え歌</u>を見たら驚き、「私を雷に比べて、その上だと言うの？」と怒るでしょう。私爺ジはそう思います。
『紀』天武天皇3（674）年秋8月の記事に、
忍壁皇子を石上神宮に神宝を磨かせに派遣したとあります。上の歌はこの時のことと考えられるでしょう。壬申の乱で、草壁と忍壁の二人は吉野から天武と共に出発したのです。可愛がられていたのです。これは上の指標の有効性を支持していませんか。
　（話は別ですが、巻3の編集には何か謎がありそうな気がしますし、歌年代も一般に言われているより20年弱古いのがあるのではないか、旅の歌など、と思うのです。）

- 表２について

　話を戻して、表２に進みましょう。
　表２は、Ａ或いはＢだけの歌の表です。

　Ａ、Ｂを表にして見たら、驚いたことに、Ｂ「高照らす　日の皇子」が柿本人麿だけの歌詞である事が歴然としたことです。
　ＡかＢのどちらを使うかは、一般的なのはＡで、Ｂは特殊なのでした。"我が大君"の方は、いつでも使える天皇のあがめ詞ではあります。

- 表３について

　ここまでは、『万葉集』での事でしたので、では、記紀歌謡ではどうか？　とさらに調べてみました。
　ここでも驚きの発見がありました。
　記紀歌謡でのＢは「高光る　日の御子」で、「高照らす」ではないのです。「高光る」しかない。そして、Ｂは『古事記』にしか出てこない。記73のＢが、紀63ではＡに変えられている。即ち、『日本書紀』ではＢを使わない意志が垣間見えるのです。
　『古事記』の29番歌だけがＢ＋Ａの四連句です。逆転しています。(p-16に歌)
　この歌のそのものを人麿は知っていてＡ＋Ｂの四連歌詞を創作したのではないでしょうか。

　章の最後としてまとめをしておきましょう。
　表１では、Ａ＋Ｂの歌詞は柿本人麿がよく使い、その内もっとも古いのは682年の3-239の歌であった。表２にある689年の柿本人麿の2-167だけが、Ｂの「高照らす日の皇子」を使っていた。
　これらは表３で確認できるように古くからの歌詞によるものでした。

15

また、p-14の枠内で、人麿が天武天皇３年（674年）に10歳になった忍壁皇子のために歌っていた事を推察できたのは大きな収穫でした。

　以上この章で、「高照らす日の皇子(ミコ)」は柿本人麿の創始した（最初に使った）歌詞であった事が証明できたと思います。

　しかし、伊勢神宮賛歌13-3234,5が人麿の作かは、作歌の時期を特定するまでは、保留しましょう。例えば13-3234,5が720年に歌われていたら人麿ではありえなくなるからです。歌の最後に特定できるでしょう。

― 参考までに ―

1、『古事記』29番歌の漢字表記を示します

「多迦比迦流(たかひかる)　比能美古(ひのみこ)　夜須美斯志(やすみしし)　和賀意富岐美(わがおほきみ)
阿良多麻能(あらたまの)　登斯賀岐布禮婆(年が来経れば)　阿良多麻能(あらたまの)
都紀波岐閇由久(月は来経ゆく)　宇倍那宇倍那(うべなうべな)　岐美麻知賀多爾(君待ちがたに)
和賀祁勢流(わが着せる)　意須比能須蘇爾(おすひのすそに)　都紀多多那牟余(月立たなむよ)」（記歌29）

（景行天皇の世、ヤマトタケル命が東伐を終えて、熱田神宮でミヤズ姫に再会した時の歌。）

　『古事記』の歌の表記は、太安万侶の苦心で、一字一音の万葉仮名漢字になっている。

この表記方法は、人麿の表記法とは違う点に注目したいと思います。人麿の後の代に出来た表記法です。

　ついでですからこの歌について私爺ジの感想を少々。
　　ヤマトタケル命(ノミコト)が「あなたを抱こうと思ったのに、あなたの襲(オスイ)（着物）の裾に"月立ちにけり"」と歌ったので、ミヤズ姫が「新しい年が来て去っていく、新しい月が来て去っていく。もっともだ、もっともだ。私の着ている着物の裾に月が立った（ように着いた）んでしょうよ」と歌った。女性の月経の歌です。集団で性へのあこがれと不思議とをやんわりとはやし立てる囃子歌でしょうか。男歌と女歌の問答歌が『万葉集』巻13にいくつかありま

す。夜這い歌とか。それらは天皇をも歌の中に登場させ囃し立てています。天孫降臨神話に猿女(サルメ)の名が出てきます。きっと猿女(サルメ)がそんな性の戯れ歌を歌ったのではないでしょうか。公然と皆で楽しむ演芸会のようなものがあったのか？ 現代もおおらかに性の歌を歌ったほうが陰湿にならないだけいいかも知れない。人と人とが本音でぶつかり合う健やかさを感じるのは、私だけだろうか？（年(トシ)のせい？）

2、p-14の忍壁皇子の石上神宮の神宝みがき、について

私爺ジが思うこと。『紀』や『万葉集』で見ると、草壁皇子より忍壁皇子の方が、話題が豊富です。674年10歳で神宝みがきの役を仰せつかったのは、忍壁が天武天皇に将来を期待されていた証(アカシ)でないでしょうか。ところが、『紀』は679年の吉野の盟約で、草壁がリーダー役で皇子同士の争いはしないと誓ったと、伝えています。皇后・ウノ皇女が息子の草壁に皇位を継がせたいために仕組んだのでしょう。皇子たちの年齢を整理してみましたので表にしました。石上神宮の神宝は百済から伝来の369年製の七支刀だと私は思っています。

679年5月5日　吉野の盟約　での6皇子の年齢

皇子	生年	679年	根拠
高市	651	29歳	壬申の乱で全軍を監督22歳として。天武20歳の子として。
河嶋	657	23	懐風藻より。
草壁	662	18	
大津	663	17	
忍壁	665	15	681年修史事業に参加を17歳として。
志貴	669	11	689年撰善言司に任命された21歳とし。
その他	生まれ		根拠
穂積	671	9	浄広弐の叙位691年に、21歳とし。
長、弓削	673,4	7	同上　693年同時に、（双子か、弟が1歳下か）
舎人	675	5	同上　695年に、
新田部	680	―	同上　700年に、
大友	648	―	672年壬申の乱没、25歳。
（葛野王）	665	15	701年37歳として。大友18歳と十市皇女17歳で生むとし。

3、表1の「皇子10歳の狩り」の歌

1-45　題詞）　軽(カル)皇子の安騎(アキ)の野に宿りましし時に、柿本朝臣人麿の作れる歌

　　やすみしし　わご大君　高照らす　日の御子　神ながら　神さびせすと　太敷かす
　　京(ミヤコ)を置きて　隠口(コモリク)の　泊瀬の山は　真木(マキ)立つ　荒(アラ)山道を　石(イハ)が根
　　禁樹(サヘキ)おしなべ　坂鳥の　朝越えまして　玉かぎる　夕さりくれば　み雪降る
　　阿騎の大野に　旗薄(ハタススキ)　小竹(シノ)をおしなべ　草枕　旅宿(ヤド)りせす　古(イニシヘ)思ひて

　　　　　　　短歌

　1-46　阿騎の野に宿る旅人打ちなびき眠(イ)も寝らめやも古(イニシヘ)思ふに
　1-47　ま草刈る荒野にはあれど黄葉(モミジバ)の過ぎにし君が形見(カタミ)とそ来(コ)し
　1-48　東(ヒムガシ)の野に炎(カギロヒ)の立つ見えてかへり見すれば月傾(カタブ)きぬ
　1-49　日並(ヒナミシノ)皇子の命(ミコト)の馬並(ナ)めて御猟(ミカリ)立たしし時は来向かふ

3-239　題詞）　長(ナガノ)皇子の猟路(カリヂ)の池に遊(イデマ)しし時に、柿本朝臣人麿の作れる歌

　　やすみしし　わご大王　高光る　わが日の皇子の　馬並めて　み猟(カリ)立たせる
　　弱薦(ワカコモ)を　猟路(カリヂ)の小野に　猪鹿(シシ)こそば　い匍ひ拝(ヲロガ)め　鶉(ウズラ)なす
　　い匍ひ廻(モト)ほり　恐(カシコ)みと　仕へ奉(マツ)りて　ひさかたの　天(アメ)見るごとく
　　真澄鏡(マソカガミ)　仰(アフ)ぎて見れど　春草(ハルクサ)の　いや愛(メ)づらしき　わご大王(オオキミ)かも

　　　　　反歌　（および）或る本の反歌
　3-240　ひさかたの天(アマ)ゆく月を網に刺しわご大王(オホキミ)は蓋(キヌガサ)にせり
　3-241　皇(オホキミ)は神にし坐せば真木(マキ)の立つ荒山(アラヤマ)中に海を成すかも

3-261　題詞）　柿本朝臣人麿の新田部皇子に献れる歌一首あわせて短歌

　　やすみしし　わご大王　高輝(テ)らす　日の皇子(ミコ)　しきいます　大殿(オホトノ)のうへに
　　ひさかたの　天(アマ)伝ひ来る　白雪(ユキ)じもの　往きかよひつつ　いや常世(トコヨ)まで

反歌

3-262　矢釣山木立も見えず降りまがふ雪の騒ける朝 楽も
　　　　（ヤツリヤマコダチ）　　　　　　（サワ）（アシタタノシ）

以上の３つを比べると、1-45〜49はまるで日並皇子の挽歌のようで、後の3-239〜41, と3-261,2は明るく楽しい歌です。

ついでに表１の次の歌も写しておきましょう。

2-162　題詞）　天武天皇の崩御８年後の御斎会の夜に夢のうちに習われた持統天皇の御歌

　　明日香の　清御原の宮に　天の下　知らしめしし　やすみしし　わご大君
　　（アスカ）（キヨミハラ）
　　高照らす　日の皇子　いかさまに　思ほしめせか　神風の　伊勢の国は
　　　　　　　（ミコ）　　　　　　　（オボ）
　　沖つ藻も　なびける波に　潮気のみ　香れる国は　味ごり
　　　　　　　　　　　　　（シホケ）　　　　　　　（ウマ）
　　あやにともしき　高照らす　日の御子
　　　　　　　　　　　　　　　　　（ミコ）

1-52　題詞）　藤原宮の御井の歌

　　やすみしし　わご大王　高照らす　日の皇子　荒たへの　藤井が原に
　　大御門　始めたまひて　埴安の　堤の上に　あり立たし　見し給へば
　　大和の　青香具山は　日の経の　大御門に　春山と　繁び立てり
　　　　　　　　　　　　（タテ）　　　　　　　　　（シミ）
　　畝火の　この瑞山は　日の緯の　大御門に　瑞山と　山さびいます
　　　　　　　　（ミヅ）　　（ヨコ）
　　耳成の　青菅山は　背面の　大御門に　宜しなへ　神さび立てり
　　　　　　　（スガ）　（ソトモ）　　　　　（ヨロ）
　　名くはし　吉野の山は　影面の　大御門ゆ　雲居にそ　遠くありける
　　　　　　　　　　　　（カゲトモ）
　　高知るや　天の御陰　天知るや　日の御陰の
　　水こそば　常にあらめ　御井の清水
　　　　　　（トコシヘ）　　（ミヰ）

　　　　短歌

1-53　藤原の　大宮仕へ　生れつぐや　処女がともは　羨しきろかも
　　　　　　　　　　　　（ア）　　　（ヲトメ）　　（トモ）

19

第2章　人麿は神話を熟知していた
（記紀に記録される前に）

　人麿は『古事記』(712年)、『日本書紀』(720年)、が完成する前の人です。しかし、伝承されていた記紀歌謡の「高光る日の御子」を知っていた上で、表2のＢ2-167には「高照らす日の皇子（ミコ）」と変化させたと推察できました。次にその万葉2-167を見て、人麿と記紀神話の関係を少し詳しく見てみましょう。

　先ずは、人麿の689年作・2-167を読んでみます。

```
（『万葉集』巻2の長歌167番　人麿作　草壁皇子の挽歌）
天地之　　初時　　久堅之　　天河原尓　　八百萬　　千萬神之　　神集　　々座而
あめつちの　初めの時　ひさかたの　天の川原に　八およろず　千よろずの神　神つどい　集いいまして
神分　　々之時尓　　天照　　日女之命　　天乎婆　　所知食登
神あがち　あがちし時に　あま照らす　日女ヒルメのみこと　天アメをば　知らしめすと
葦原乃　　水穂之国乎　　天地之　　依相之極　　所知行　　神之命等
芦原の　瑞穂の国を　あめつちの　寄り合ひのきわみ　知らしめす　神のみことと
天雲之　　八重掻別而　　神下　　座奉之　　高照　　日之皇子波
あま雲の　八重かきわけて　神くだし　座イマせまつりし　高照らす　日の皇子ミコは
飛鳥之　　浄之宮尓　　神随　　太布座而　　天皇之　　敷座国等
とぶ鳥の　きよみの宮に　神ながら　太しきまして　すめろぎの　敷きます国と
天原　　石門乎開　　神上　　々座奴
天アマの原　石門イワトを開き　神あがり　あがり座イマしぬ
吾王　　皇子之命乃　　天下　　所知食世者　　春花之　　貴在等
わご王オオミ　皇子ミコの命ミコトの　天アメの下　知らし食メしせば　春はなの　とうとからむと
望月乃　　満波之計武跡　　天下　　四方之人乃　　大船之　　思憑而
もちづきの　たたはしけむと　天の下　よもの人の　大船の　思いたのみて
天水　　仰而待尓　　何万尓　　御念食可　　由縁母無
天つ水　あおぎて待つに　いかさまに　思ガほしめせか　つれもなき
真弓乃岡尓　　宮柱　　太布座　　御在香乎　　高知座而
真弓マユミの岡に　宮柱ミヤバシラ　太敷きいまし　御殿ミアラカを　高知りまして
明言尓　　御言不御問　　日月之　　数多成塗　　其故　　皇子之宮人　　行方不知毛
朝ごとに　御言ミコト問はさね　日月ヒツキの　まねく成りぬる　そこゆえに　皇子ミコの宮人ミヤビト　ゆくへ知らずも
```

漢字原文の下に読みを付けてみました。（反歌2首省略）

（説明の都合上、原文に黒色、明るい青、そして紫と色分け。）

歌いだしから「高照　日之皇子波」(4行目) までを読んで、天孫降臨神話を想像しない人はいないでしょう。
　この挽歌の解釈が神話に引きずられて混乱した歴史があります。
　講談社文庫『万葉集』を愛読書としている私も、複雑な解釈をしていました。次の小文字の訳文は講談社文庫からです。
（この歌の訳を前半部分だけ転記します。）
「天地創造の初め、はるか彼方の天の河原に、八百万、一千万という大勢の神々が神々しくお集まりになり、神々をそれぞれの支配すべき国々に神としてお分かちになった時、天照大神は、天を支配されるというので、その下の葦原の中つ国を天地の接する果てまで統治なさる神の命として、天雲の八重に重なる雲をかき分けて神々しくお下し申した、天高く輝く日の御子は、明日香の浄御原の宮に神として御統治なさり、やがて天上を、天皇のお治めになる永生の国として、天の石門を開いて、神としておのぼりになった。」（前半部の訳の転記終り）
　注に、「天照らす日女の命(ミコト)」が天照大神であり、「高照らす日の皇子(ミコ)」がニニギノミコトであり天武天皇でもある、としています。

　以上のように天孫降臨神話に従って解釈されて、前半の天の石門を開いて昇っていったのは天武天皇だとしているのです。難しい解釈になっています。
　それに対して、天上から下ったのも昇っていったのも、この挽歌の主人公の草壁皇子だとするのが、次の解釈です。

　梅原猛『水底の歌』を読み、歌2-167の解釈が、梅原猛氏と中西進氏では違っていることに気が着きました。梅原氏の説は本居宣長の説でした。私も今は、梅原氏説に立っています。

　歌の筋立てがすっきりと説明できます。
　歌いだしから、「天照　日女之命　天乎婆　所知食登」(黒字の終り) までは（天照大神が天上を治めなさること）を言っています。
　次に、芦原の瑞穂の国をお治めになさろうと「高照　日之皇子」即ち日並皇子（草壁皇子）が天雲を押し分けて降臨された、即ちお生まれに

なった**というのです。

そうして、「飛鳥之　浄之宮尒　神随　太布座而　天皇之　敷座国等」は「飛鳥の浄御原宮で神の思し召しのままに天皇（皇后のウノ皇女）が御統治される国として」ということです。

続いて、高照日之皇子は「天原　石門乎開　神上　々座奴」（天原の岩戸を開けて天上にお上がりになった、即ちお亡くなりになった）となるのです。

歌はここまでが皇子の薨去の前半で、以後の後半が皇子を偲ぶ歌になっています。

以上、歌の解釈の経緯を見ましたが、歌の背景を少々。

草壁皇子は689年4月28歳で薨去した。天武天皇が686年9月に崩御して2年6カ月後の事。まだ皇后のウノ皇女は正式には即位していなかった。

草壁皇子は天武天皇とウノ皇女（持統天皇）との子で、679年5月の6皇子たちの吉野の盟約を経て、20歳の681年に立太子しました。けれども、686年9月9日天武は崩御したのに、すぐに起きた大津皇子の謀反が（持統天皇による謀殺だろうが）あったせいか、病弱だったのか、即位しないままの689年薨去したのです。埋葬に先駆け新城に祭っていた時、柿本人麿が挽歌を詠んだのです。

『万葉集』に付けられている（歌の標題）は次のものです。

（日並皇子尊の殯宮の時に、柿本朝臣人麿の作れる歌一首あわせて短歌）

『紀』で「草壁」と言うのを、ここでは「日並」としているのは、1-45軽皇子の安騎野の狩りの歌で草壁皇子を懐古して日並の皇子と歌った人麿の造語を使用したのでしょう。日に並び貴いと。

人麿と記紀神話の関係を話題にしましょう。

梅原猛氏が、面白い話をしていました。

この歌では、天から降臨するのは高照日之皇子です。

<u>皇子</u>降臨なのです。人麿がこう詠んでいたのです。
　ところが私たちが知っている神話は、**天孫**の降臨です。
　梅原猛氏は、記紀神話で降臨するのが天照大神の**孫**になっているのは、天武の子・草壁が死んで即位できなくなり、孫の軽皇子が即位する事態になったからだと言います。
　藤原不比等が筋書きしていると。面白い話です。

　人麿の歌2-167は、天孫降臨神話が未だ記紀に記される以前の歌であった事が、指摘されたのです。そのことは、**柿本人麿が、記紀（神話も）が作られているその同時代の人であったこと**を認識させます。

　現代の私たちが読む事が出来る『古事記』『日本書紀』は
何時始められたか。

　『日本書紀』に天武10年3月（681年、草壁立太子の年）<u>「帝紀や上古の諸事の選定」を中臣連大嶋らが筆を取って始めた</u>とあります。帝紀とは、歴代天皇の系譜であり、上古の諸事とは、諸種の説話です。それらの異説など検討し選び定めたのです。

　この中臣大嶋は681年12月29日に**柿本臣猨**（カキノモトオミサル）らと共に小錦下の位を授かっています。また、この大嶋は684年11月、**柿本臣と共に朝臣**（アリミ）（八色の姓の真人（マヒト）に次ぐ第二位のカバネ）になっています。
　人麿は、689年草壁皇子の薨去に挽歌を歌いました。次に、大嶋は持統天皇の即位式（690年）で神祇伯として天神寿詞（アマツカミノヨゴト）を読んでいます。
　大嶋は『懐風藻』19番詩に「五言（ゴゴン）。三斎（サンサイ）」がありますが、持統天皇7（693）年3月6日〜3月13日吉野幸（ミユキ）中の3月11日に賜り物を頂戴している（4月には没した）ので、その時の詩だと思います。人麿にも1-36や1-38の吉野の宮従駕の歌があります。

このように中臣大嶋と柿本人麿は並行的に天武天皇の代から持統天皇の代へと活躍しています。

　中臣連大嶋らが筆を取って始めたという、「帝紀や上古の諸事の選定」はどのように進んだのでしょう。

　681年に始まった修史事業が、『古事記』712年、『日本書紀』720年の完成となったのでしょうが、32年、40年もかかっています。

　太安万侶が、<u>『古事記』の序</u>に、天武天皇の 詔(ミコトノリ)（天武10年3月の）を書いていました。

　「私は聞いている。『諸家（各氏族のこと）の持っている帝紀と本辞とは既に本当のものとは違って嘘を加えている』と。……国家の基本中の基本だから、帝紀を選び録し、旧辞を調べ、間違っているものは削り、本当のことを定め、後世に伝えたいと思う。」

　詔(ミコトノリ)の681年当時、天皇家にとって、都合の悪い豪族氏族の伝記が多くあったのでしょう。各氏族で天皇家とのつながりなどを高め権威付ける家系伝があれば、人事にも混乱が生じます。天皇の権威を高め、氏族を束ね権力を天皇中心にまとめ上げるために、帝紀と上古の諸事をまとめる修史事業が必要だったのです。4年後の684年10月1日「八色の姓(カバネ)」(ヤクサ)(真人、朝臣、宿禰、忌寸、道師、臣、連、稲置)を制定し、同日、丹比公(タヂヒノキミ)ら13氏に真人の姓を与え、同年11月1日に52氏に朝臣が与えられその中に大嶋（中臣）も人麿（柿本）もいたのです。同12月には50氏に宿禰(スクネ)を。翌年6月に11氏に忌寸(イミキ)を与えました。(この間の684年10月14日に天武南海トラフ巨大地震があり、伊豆から四国沖に津波がおしよせたのでした)

　修史事業での氏族の序列整理は684年10月から翌年の6月までにほぼ終わったのでしょう。

　(実は現在とは桁違いの身分制、差別制、世襲制の社会なのです)。

　しかし、帝紀、旧辞の方は、『古事記』のような書物としては第1稿ぐらいは出来ていたでしょうか。<u>『古事記』の序</u>には、天武10（681）

年に「稗田阿礼28歳に帝皇日継と先代旧辞を誦み習わせた」とあります。"諸家（各氏族のこと）の持っている帝紀と本辞"という書き物（家伝）があったのです。稗田阿礼は、諸家の家伝を比較し取捨選択し転記していったはずです。当時の表記法は、口承詞を漢字で書き取ったものですが、漢文でない倭（和）語を書き取るには苦労したのです。書いた人は読めても、他の人はなかなか読めなかったはずです。稗田阿礼は単に記憶力が良かっただけではなく、よく読めたのだと思います。

「誦み習わせた」とは、難解な漢字文の"（声に出して節をつける）読みを練習させた"のだと思います。『万葉集』の巻11と巻12に、"柿本朝臣人麿の歌集に出づ"として約190首もの人麿以前の古い歌があります。私にはさっぱり読めません。(p-26の ― 参考までに ― 参照)

<u>『古事記』</u>の序には、"和銅4年（711年）9月18日に、元明天皇が太安万侶に「稗田阿礼の誦んでいる勅語の旧辞を選び録して献上しなさい」と命じて、翌年のお正月28日に提出"とあります。わずか4カ月で！

稗田阿礼は681年28歳でしたから、この時712年59歳と計算されます。生まれは654年。

太安万侶は704年に従5位下で、723年に従4位下で死んだ人です。704年頃から太安万侶は筆録を始めたかもしれませんが、太安万侶の活動時期は、人麿の後のように思えます。

<u>人麿は、中臣大嶋と親しく、そして、稗田阿礼とも親しい仲だったのではないでしょうか。</u>

人麿はこの第2章で2-167に見た「日の皇子の降臨神話」だけでなく、第1章「記歌28の四連句」などもよく知っていたのです。

― 参考までに ―

　人麿は、彼以前の古い歌の伝承者でもあった。
　古歌の二つ、11-2494 と 12-2855 の読みを体験してみましょう。
　漢字表記の原文と読みを並べてみます。（訳は講談社文庫『万葉集』より）

　　大船　　真楫繁抜　　榜間　　極太恋　年在如何　　　　11-2494
　　大船に　ま楫カジしじ貫ヌき　漕ぐほども　ここだく恋し　年にあらばいかに

　　訳；大船の両舷に、楫を一面に通して漕ぐ、楫さばきのわずかな間も、
　　　　これほど恋しいのに、一年も間があったらどうだろう。

　　新治　　今作路　　清　　　聞鴨　　　妹於事牟　　　　12-2855
　　新墾ニイハリの　今作る路ミチ　さやけくも　聞きてけるかも　妹イモが上へのことを

　　訳；新しく開く路のように、晴れやかに聞いたことだ。妻についての評判を。

　　　　（私注、新しい道路の開通式の現場のようだ）

　人麿が書き残してくれた古い歌は、このように読むことが難しいのです。人麿はこれらをスラリと読めたでしょう。稗田阿礼も上手に読めたでしょう。言葉だけでなく、漢字に対しても豊かな感性、霊性を持っていたようです。古代人は。

　　私爺ジは時々思います。歌の鑑賞には、表記方法に注意して原文で読む事が大事だと。

　余りお目にかからない労働に駆り出された役民（村のリーダーかも知れません）の歌を選んでみました。人麿は単なる宮廷歌人ではなく、平民との交流もあった人だと思います。こんな歌の収集が有ったから、大伴家持も防人の歌を収集したのだと思います。

第3章　御食都国　神風之　伊勢之国

　伊勢神宮賛歌13-3234は、高らかに「聞食 御食都国 神風之 伊勢之国者」と歌い続けるのでした。キコシオスは「統治なさる」です。

　伊勢の国がどうして天皇に食材を献上する国と解説され、
どうして神風の国なのか、よく判らないのですが。

── 神風について ──　津波襲来の表現は何を意味するか
　かつて、人麿であろう**柿本臣猨**が"八色の姓"の朝臣を賜る記事を調べた事があります。その時でした。
『日本書紀』684年10月14日の天武巨大地震記録を知りました。
　その災害の記事はそこにしか見る事が出来ません。巨大地震である事は、伊豆から土佐に及ぶ津波や陸地の新生、消滅が記されているからわかります。（最近の調査では、何層もの津波による砂の堆積層が確認され、上から3層目の堆砂が684年のものだろうとか、静岡では70cmもの厚さがあるとか言われています。）それほど大きい災害だからどこかにもっと記事があるはずだと思いました。
　そして、思い出した事。それは神功皇后の新羅遠征の描写です。
　神功皇后　摂政前紀の　冬10月。
「……風の神は風を起こし、波の神は浪を挙げて、……帆船は波に随ふ。かじ楫を労せずして、便ち新羅に到る。……遠く国の中に逮ぶ」。新羅の王は言った。「新羅の、国を建てしより以来、未だ嘗も海水の国に凌ることを聞かず。若し天運尽きて、国、海と為らむとするか」。

　　私は、この遠征を、百済が東晋と組んで、新羅・高句麗を攻めた時、倭が加勢した戦役だったとします。この時百済の近肖古王から七支刀（369年作）が贈られ、時の倭の王は応神天皇だとみています。（「附録3　文字を追う天皇系図」参照）

　『古事記』には仲哀天皇の段にもう少し簡潔に津波を連想させて語られ

ています。

　記紀のそれぞれ712年、720年の編集者が、684年の天武巨大地震による津波被害の苦い経験を、かつて神の怒りと自らが恐れおののいたはずなのに、新羅に向かって（まるで呪い移すかのように）吐き出した、と考えます。呪いの時代を見た思いです。（今も変わらない？）

「神風の伊勢」の言葉には、天武巨大地震の津波被害なども含めて自然災害を司る神への畏怖の祈りが込められているような気がします。

　今回、改めて『日本書紀』の新羅へ遠征に出かける前段を読んでみました。
　仲哀天皇が、筑紫で神の教えに従わないで死去しました。斎宮(イハイノミヤ)で皇后が中臣烏賊津(イカツ)を控えさせて、祟(タタ)りを起こした神の名を問うた。その答えが「神風の伊勢ノ国の百伝(モモヅタ)う度(ワタラヒノ)逢県(アガタ)の拆鈴五十鈴宮(サクスズイスズノ)にます神、名は撞賢木(ツクサカキ)厳之御魂天疎向津媛命(イツノミタマアマザカルムカツヒメノミコト)」であった。さらに志摩国答志郡の伊雑宮らしい神や、事代主神や、日向国橘の小門の（住吉？）三神などの名も示される。これは3月の事。そして、10月の津波のような征服でした。

　私が注目するのは、巨大地震の経験が神話の中に取り入れられていることです。神功皇后神話に！

　　鎌倉時代の万葉集研究者・仙覚の『万葉集註釈巻第一』に「**伊勢国風土記**」が引用されています。東征してきた神武天皇の配下の天日別命に、永くそこに居住していた伊勢津彦が降伏し、国を明け渡した。**その伊勢津彦の去っていく様が**「夜中になって、**大風が四方に起こり扇ぎ挙げて波を潤し、**（伊勢津彦の）**光り輝くさまは太陽のようだった。陸も海も朗で、**（伊勢津彦は）**ついに波に乗って東に行ってしまった。**」と書かれていました。これも、津波を想像させます。「朗」とは、ほがらかで、きよらかである様をいう。

　シキナミヨセルとかカミカゼノは684年10月の巨大地震だけではなく、繰り返し襲ってきた縄文・弥生の太古からの地震と津波が由来になっているのではないでしょうか。**伊勢湾台風のようなこともあったでしょう。穏やかであってほしいとの祈りがこもっている様な気がします。**

―ミケツクニ―と猿田彦

『古事記』では、あの天孫降臨を下界へと案内した猿田彦神は、故郷の伊勢に帰り、ヒラフ貝に手を挟まれ潮に沈んで溺れました。

底では「底どく御魂」と言い、泡立つ時に「つぶたつ御魂」と言い、泡がはじける時に「あわさく御魂」と言う、とあります。

そして、一緒に来た天のウズメ命は、猿女君と呼ばれ、海の生き物を集めて「天つ神に仕える」事を誓わせます。この時、海鼠（ナマコ）だけは答えなかったのでした。朝廷に速贄を献上する時は猿女君にもあげるのです。

こういう記事がありました。

猿田彦は海に消えたのです。伊勢国風土記の伊勢津彦のようにです。

猿女君だけが残ったようです。

これがミケツクニのイワレなのでしょうか？

なんだかよく判りません。

天孫降臨の古い時代のことでした。

> サルメは、オスカー・ワイルドのオペラの"サロメ"が妖艶な踊りの褒美にヘロデ王から預言者ヨハネの首を皿に頂載したのを思い出させてオヤと思いました。猿田彦は伊勢津彦であり、"サロメ"の"ヨハネ"か？　と。

第4章　国見歌

　　「国見ればしも　山見れば高く貴し　河見ればさやけく清し
　　　水門(ミナト)なす　海も広し　見渡しの　島も名高し」

「水門(ミナト)」は川の入り口です。

　ここは、伊勢の国ほめの国見の歌です。

　この部分には特別な説明は要らないと思いますが、ここで、歌の全体についての私の感想を述べておきます。

　今、話題にしている伊勢神宮賛歌の作者の視線は、山を見て、河を見て、次に海を見ました。そして次章の「ここをしもまぐはしみかも」を経て、やがて山辺の大宮に移っていきます。のびのびと広さを感じさせる海から、一転して「かけまくもあやにかしこし」と心を込めて、大宮にズームインしていきます。そして作者の視線は最後に反歌で五十鈴川に向かうのです。この作者の視線の全体の流れを味わっていると、作者が身近に感じられてくるのです。

　ついでですから、『万葉集』から692年3月の伊勢の海の歌を見ておきましょう。人麿が明日香の浄御原宮にいて、伊勢に出かけた持統天皇の一行を想像して歌ったのが次の歌です。

(1-40)「嗚呼見(あみ)の浦に船乗りすらむおとめらが珠裳(たまも)の裾(すそ)に潮(しほ)満つらむか」
　　歌意：あみの浦で船に乗って遊んでいるだろう少女たちの、
　　　　　あの美しい赤い裳裾には潮がひたひたと豊かにたゆたっているだろうか。

(1-41)「くしろ着く手節(たふし)の崎に今日もかも大宮人の玉藻(たまも)刈るらむ」
　　歌意：美しい釧(くしろ)をつける、手節の岬に、
　　　　　今日も大宮人たちは戯れて藻を拾っているだろうか。

(1-42)「潮騒にいらごの島辺漕ぐ船に妹乗るらむか荒き島廻を」
　　歌意：潮鳴りの中に、伊良虞の島のあたりを漕ぐ船に、
　　　　　あのひとは乗っているだろうか。あの荒々しい島のめぐりを。

　一行の中に、人麿の恋人がいて、思いを馳せて歌ったのでしょう。伊勢の海には、「嗚呼見ノ浦」「手節ノ崎」遠くに「伊良虞ノ島」がありました。人麿はその景色を十分に知っていたのです。そこに思い人を想像し歌いました。「嗚呼」は感激した時発する言葉「アー」ですから、素晴らしい景色の浦でしょう。夫婦岩の二見が浦などが該当するでしょうか。「手節ノ崎」は今、答志島ですし、そばには菅島、サデ島、沖には神島があり、遥かに伊良湖半島があります。島の名前も貴いのです。人麿は海しか教えてくれませんが、山は、今の神路山などを背景に高く清々しく見えていたのでしょう。

第5章 「ここをしも　まぐはしみかも」

　序章で既に触れた歌詞です。私が強く強く、強調したい事は本当の主語は誰かと言うことです。
「ここをしも」の"ここ"は伊勢の国の特に「河口から海が開け島の名が貴い」所です。「まぐはしむ」は"麗(ウルワ)しいと思う"こと。歌の表面上の主語は、「やすみしし我ご大君　高照らす日の皇子」で"天皇や皇子"でしょうが、歌の中心にはここに祭られるべき"天照大神"がいて、その"天照大神"が、"ここをしもまぐはしまれた"からなのです。『日本書紀』に、垂仁天皇25年３月10日に倭(ヤマト)の笠縫邑(カサヌイムラ)から、天照大神が倭姫命と鎮座する所を求めて旅をされ、伊勢ノ国に到り、倭姫命に仰(オッシャ)られた。
「是の神風の伊勢ノ国は、常世(トコヨ)の浪(ナミ)の重浪帰(シキナミヨ)する国なり。傍国の可怜(カタシクニ ウマ)し国なり。是の国に居(オ)らむと欲(オモ)う。」と。
　このように、天照大神が「ここをしも　まぐはしみ」なさったのです。この"御言葉"を思い起こしてこの歌を読むと、生き生きと味わえるのは間違いない事です。続く「かけまくも　あやに恐し」(口にするのも恐れ多い事です)の歌詞はこの御言葉にも、つぎに続く"大宮"にも掛かるのでしょう。

　さて、次に私の言いたいことは以下の事です。
　第２章の末部（p-25）で確認したのと同じように、ここでも、歌の作者はこの神話の"御言葉"を知っていた事になります。

　話題にしている"伊勢神宮賛歌13-3234,5"が『日本書紀』(720年) より後に歌われたのなら、上の天照大神のお言葉を知っていての事と疑いなく言えるでしょう。しかし、『日本書紀』(720年) より前に歌われたのなら、語られていた伝承によって知っていた、と言うことになるでしょう。

もう一つ、**記紀の違い**について注意しなくてはなりません。
『古事記』は、天照大神の伊勢への祭祀の移動を語っていません。
『記』の崇神天皇の初めの部分の皇子女の記述の中で「妹豊鉏比売命（イモトヨスキヒメノミコト）」に細字で（伊勢の大神の宮を拝き祭りたまいき）と付け足し、次の垂仁天皇の皇子女の記述の中で、「倭比売命（ヤマトヒメノミコト）は」細字で（伊勢の大神の宮を拝き祭りたまいき）と記載しているだけなのです。『記』ではヤマトタケルノミコトが東征に出かけるに際し、伊勢の大御神の宮に寄って、倭姫に剣と御袋を頂戴する話があります。こう流れていきます。

> 『古事記』（712年完成）にある伊勢神宮祭祀記事
> 現在の『古事記』には、天孫降臨の中で、いよいよ天下りする記述の直前に、場違いな文章が入りこんで居ます。伊勢神宮に外宮にも触れ、氏族の先祖由来まで加えた詳しすぎる説明文です。これを除くと文の流れが良くなります。その部分は次ページに示します。これを無視すると『古事記』に天照大神の伊勢への移動の記載がないのです。『記』が伝えているのは、天照大神は天上に居て、御孫のニニギノミコトが**天照大神の御魂としての鏡**を日向に持ち下った事です。

　枠書きの事は後に回して、注意すべき重要な事を示しましょう。
『古事記』も『日本書紀』も共に、**天照大神の弟の須佐之男命**が、出雲で八俣大蛇を退治（この時草薙の太刀を得た）した後で、宮を作る所を求め、須賀の地に来て「**吾ここに来て、我が御心すがすがし。**」と仰った"御言葉"を書いている事です。
　我が国最古の和歌という『記』『紀』共通の歌謡の第一番
「八雲立つ　出雲八重垣　妻籠みに　八重垣作る　その八重垣を」があるその直前にです。
　その宮で櫛名田姫と結婚し、やがて大国主神につながるのでした。
『記・紀』共に"出雲八重垣の宮"の宮地選定時の弟君の"御言葉"があるのです。『日本書記』だけに"伊勢神宮"の宮地選定時の姉君の"御言葉"があるのでした。しつこいですが、もう一度確認します。

『古事記』では天照大神の伊勢への祭祀の移動が曖昧でしたから、『記・紀』共通の"出雲八重垣の宮"の宮地選定時の"御言葉"と同様に、『紀』では忘れずに"伊勢神宮"の宮地選定時の"御言葉"として垂仁天皇25年3月の鎮座の地を求める話を書いたのです。

　712年から720年の間に追加されたのです。

（前ページの枠書きの事）

> 　現在の『古事記』に天孫降臨のいよいよ天下りする記述の直前に、挿入された文章とは。
> **この二柱は、さくくしろ、五十鈴の宮を（に・ではない）拝み祭る。次に登由宇気神、こは外宮の度相に座す神ぞ。次に天石戸別神、またの名は櫛石窓神といい、またの名は豊石窓神という。この神は御門の神なり。次に手力男神は佐那那県に座す。故、その天児屋命は（中臣連等の祖）布刀玉命は（忌部首等の祖）天宇受売命は（猿女君等の祖）伊斯許理度売命は（作鏡連等の祖）玉祖命は（玉祖連等の祖）**
> 　このグリーンの文章です。策士は誰でしょう。中臣大嶋??『日本書紀』に、専ら筆を取ったと書かれた大嶋は693年4月没しています。712年に完成させた太安万侶が挿入したかも。
> 　このグリーンノートには、中臣連や猿女君等の祖(オヤ)の記述を含んでいます。私の推定を述べましょう。多分、712年に出来た『古事記』には、その原本たる「原古事記」があり、その原本にはこのグリーンノートが無かった。この「原古事記」には、原則として、天皇の子孫である皇別(スメラワカレ)しか記録されていなかったのではないか。708年3月右大臣になっている藤原不比等が、太安万侶に、挿入させた。（後の事だが、中臣とかは皇別でないので、不比等の娘光明子が聖武天皇の皇后になった時、非皇族の初の例と言われた。）多分、不比等が没する720年以前に、「原古事記」に書きこませ今の『古事記』はできたのだと思います。祭祀に関る氏族を、また伊勢の神宮を「さくくしろ五十鈴の宮」とし、外宮なども記載させた。最初の「この二柱は」ですが、私爺ジは（猿田彦とアメノウズメ）だとしますが、角川文庫で（ニニギノミコトと思金神）、或いは学研M文庫で（天照神と思金神）としています。後で、西郷信綱氏は（ウズメと猿田彦）としていたのを知りました。私爺ジの読みもまんざらでもないのです。

　この章で、覚えておきたいのはp-32に述べた次の事です。"伊勢神宮賛歌13-3234,5"の作者は、「ここをしも」と歌い、これらの『記・紀』成立以前に、伊勢宮地選定神話を知っていたのです。

第6章　石の原に内日さす大宮　どこ？

「かけまくもあやにかしこし山辺の五十師の原(いし)にうち日さす大宮仕(つか)へ」

　前章で天照大神の鎮座する所が「ここをしも……」の「ここ」だと説明しましたが、この段で、「口にするのも大変恐れ多いことではありますが、山のそばの五十師の原に内からも輝くように日がそそぐ大宮を築いてお仕えする」と歌い、「ここ」は「五十師の原」としています。
　この"石の原"は何処でしょうか？
　伊勢神宮賛歌が歌われた時代と同時代といえる『万葉集』2-199の高市皇子(タケチノミコ)の挽歌（人麿作、696年）に「渡会(ワタライ)の斎(イツキ)の宮ゆ　神風に　い吹き惑はし……」と出てきますから、その当時、伊勢神宮は渡会にあったのです。それは斎王の宮でもあったでしょうか、ともかく神の宮でなくてはなりません。

（上の2-199の歌は、672年の壬申の乱の戦闘の様を歌っていました。次章で扱います）

　『日本書紀』（720年）の垂仁天皇25年3月には、前章で見た天照大神の宮地選定の御言葉に続いて、「……よりて斎宮(イハイノミヤ)を五十鈴(イスズ)の川上(カハノホトリ)に興(タ)つ。これを磯宮(イソノミヤ)といふ」とあります。その本文とは違う別伝扱いでありますが「一に云はく(アルイ)」として「磯城(シキ)の厳橿(イツカシ)の本(モト)から伊勢国の渡遇宮(ワタライノミヤ)に遷しまつる」との記事もあります。
　ですから、初め、伊勢神宮は、五十師（石）の原、渡会(ワタライ)の地にあったのです。（第8章で、13-3234,5は674年の歌としますが、その674年当時のことです）

ここで、大いに注意して下さい（第9章の「五十師」の解釈も参考にして下さい）。
"五十鈴の川"は『古事記』（712年）・『日本書紀』（720年）の本文に、夫々「五十鈴の宮」・「五十鈴の川上」として初めて登場したのです。それ以前は「五十師」の地だったのに。この間692年の人麿の歌1-41（くしろつく手節の崎）などがありました。ここに私爺ジは「五十師」が「五十鈴」になった経過を考えるのです（第13章で扱います）。

35

ところで、さらに、石の原について。

伊勢神宮は天武天皇の代に神宮として整備されたと理解しますが、それ以前はどうであったか？　西郷信綱『古事記研究』（未来社　1973年　第一刷）の「稗田阿礼」を読んでモシヤ！　と思った事があります。

桓武天皇の延暦23（804）年に書かれた伊勢大神宮儀式帳によることとして、「天照大神が倭姫と伊勢の宇治に来た時、その土地の大田命（宇治土公の遠祖）が鎮座に良い所を教えた」「大土御祖神社と国津御祖神社とは、石体を祭っている」と言うのです。

そして、今も大土御祖神社（オオツチ ミ オヤ）と国津御祖神社（クニッ ミ オヤ）とは、伊勢神宮内宮から約４km五十鈴川を下った右岸近くに摂社として存在し、年中儀式として祭祀が続けられているのを知りました。御田に関係し水の神を祭っているようです。航空写真も見て確認してみましたが、地形的には南から尾根が迫り出しその端が五十鈴川をほぼ90度湾曲させています。湾曲部から400mほど下流にその神社はあります。石をご神体にしていたのです。804年以前からある神社です。

（メモ）『大神宮儀式解』（神宮司庁昭和10年発行を2006年に再発行）を読みました。『大神宮儀式』（804年大神宮長官にあたる神主公成らが奏上した）の当時、度会郡（国郡司）が管轄する神社が38ある内23社がご神体として石を祭っていました。また1775年の著者・荒木田経雅が、解説をした江戸の当時、遷宮の制度は、685年に定められ、690年に第一回遷宮が行われた、と判断していたことを知りました。それは信じたくなるほど綿密な検討が記されています。本居宣長の時代を感じる事が出来ました。

私は、『万葉集』1-22の吹黄刀自（ノ キ トジ）の歌を思い出しました。あの歌はここを歌ったのではないか？　と。

「河の上のゆつ岩群（イハムラ）に草生（クサム）さず常（ツネ）にもがも常処女（トコオトメ）にて」

歌の題詞は、「十市皇女（トヲチノヒメミコ）の、伊勢の神宮に参赴（マイオモム）きし時に、波多の横山の巌（イハ）を見て吹黄刀自の作れる歌」

36

吹黄刀自は端なす尾根（の近い所）の巌々を、神宮に参詣した時に、見たのです。歌の意味は、河のホトリの神聖な岩々には苔も生えていない、何時までもそうであって欲しい。永遠の処女として。
　『万葉集』1-22の左注には、675年2月13日に、十市皇女と阿閇皇女（この時14歳、後の草壁皇太子妃、元明天皇）が、伊勢の神宮に参赴た、と『紀』から引用しています。22の歌から吹黄刀自も同行していたのです。これは大伯皇女が伊勢の斎宮になったわずか4カ月後の春早々だったのです。

　吹黄刀自も13-3234,5の石の原を歌ったのだと思います。御田と御田屋もその近くにあったのです。日当たりも申し分ない、今の五十鈴川のほとりです。伊勢の土着の水田があり、石を祭っていたのです。
　「波多の横山」の"ハタ"は"端"であり神宮の"そば"の意味でもいいでしょう、"横山"は尾根が横に連なっている所の意味でしょう。

> 航空写真を見てください。南からの山並みの端が横一列に連なっているではありませんか。

　22の「波多の横山」の地は、大土御祖神社と国津御祖神社との地、四郷小学校のすぐそばの地となるでしょうか？
　第8章で、伊勢神宮賛歌は初代斎宮の674年としますが、それを先取りし、第6章の簡単なまとめをしておさましょう。

伊勢神宮賛歌の歌われた674年の時代、"五十師の原"と呼ばれていた。多分、川は（石川とか大川）といい、その辺に大宮ができた。

多分、675年に、渡会の斎宮に674年10月大伯皇女が初代斎王として就任した4カ月後に、吹黄刀自が"ゆつ岩群"と歌った所は、横山と言う昔からの地元の人々が石を祭っている原だった。

約10年後684年10月南海トラフ巨大地震があった。その約10年後の696年、高市皇子の挽歌に、"渡会の斎宮"と呼ばれていた神宮は、川を遡った今の神宮の森の中の地に移っていたのではないだろうか？？　この続きは、第11章として書きました。

伊勢神宮より前からあった？　石をご神体とする神社
(航空写真を見てみましょう。より広範囲にはインターネットで見てください)

大土御祖神社と国津御祖神社とは一つ所に森をなしている。そこは中央構造線による鳥羽から伸びる谷筋が五十鈴川と交わる所。近鉄鳥羽線がその谷筋に沿って南側を走っている。断層の末端面が横に連続して谷を造った。五十鈴川もその断層崖を直交する形で切断している一つの断層と見える。その先は二見が浦の夫婦岩につながる。いわば五十鈴川断層と言おうか。伊勢神宮内宮もその断層の東側山地にある。☆二つの断層が交わる所に、石をご神体として祭る古い神社がある。そこが、吹黄刀自が「波多の横山」と呼んだ所ではないか？　804年当時、川に堰を作り水を引き御田を作っていたと言う。

第7章　人麿の年齢について

　さてこの辺で、人麿の年齢の問題を考えておきましょう。
　先ず、壬申の乱の戦場の様子を、先にあげた2-199高市皇子(タケチノミコ)の挽歌(人麿作、696年)に読んでみます。
　作者の詳細な描写を味わい、作者人麿の年齢を考えるのです。

2-199　戦いの描写（文庫より） （既にお亡くなりになった天武天皇が）	簡単にした私の訳
きこしめす　背面の国の　真木立つ　不破山越えて 高麗剣　和ぎみが原の　行宮に　天降り座して 天の下　治め給ひ　食す国を　定め給うと 鶏が鳴く　吾妻の国の　御軍士を　召し給ひて ちはやぶる　人を和せと　服従はぬ　国を治めと 皇子ながら　任し給へば　大御身に　太刀取りはかし 大御手に　弓取り持たし　御軍士を　あどもひたまひ 齊ふる　鼓の音は　雷の　声と聞くまで　吹き響せる 小角の音も　敵見たる　虎か吼ゆると 諸人の　おびゆるまでに	北の美濃の国の不破山を越え 関が原の仮宮に　出陣して 天下を平定されるというので 東国の兵士を集めて 荒い人、抵抗する国を治めよと （天武が高市に）任せられたので 太刀と弓を取り兵士を統率し 鼓を雷の様に轟かせ、角笛を 吹き、敵が虎かと怖れる程に
捧げたる　幡のなびきは　冬ごもり　春さり来れば 野ごとに　着きてある火の　風の共　なびくがごとく 取り持てる　弓弭の騒　み雪降る　冬の林に つむじ風かも　い巻き渡ると　思うまで　聞きの恐く 引き放つ　矢の繁けく　大雪の　乱れて来れ　服従はず 立ち向かひしも　露霜の　消なば消ぬべく　行く鳥の あらそふ間に　渡会の　斎の宮ゆ　神風に　い吹き惑はし 天雲を　日の目も見せず　常闇に　覆ひ給ひて　定めてし	捧げた幡は　春の野焼きの火が風になびく様で、弓音は冬の林にうむじ風が巻き起こったかと恐ろしく聞こえ、放つ矢は吹雪のように乱れ飛んでいく。立ち向かう敵は露霜の消える様に、逃げ惑う鳥の様に　伊勢神宮からは、神風で苦しめ　黒雲で真っ暗にして頂いて、征服した。

　　　　　　　（以上が戦闘の様の部分）

（この歌の後半は同じぐらいの長さで皇子の死を惜しむ内容。）

実は、土屋文明氏がこの戦闘描写をもって、人麿が672年の壬申の乱に高市皇子の軍に参加していた、さらにその年齢は18、9歳であろう、と推定したのです。そうでなくてはこの描写は出来ないだろうと。優れた詩人の感性が言わせたのです。(『萬葉集入門』土屋文明　筑摩書房　1981年「人麿の生涯」)

　梅原猛氏もほぼ同じ人麿の年齢を想定していますので、私もこれに従うことにします。

　これにより、人麿の年齢計算をすると。
672年 — 19歳としましょう。生まれ1歳 — 654年となります。
ビックリです。稗田阿礼と同じ年に生まれています。(p-25)

689年草壁皇子の挽歌の時は、36歳。
忍壁皇子10歳雷山の狩りとした674年は人麿21歳です。(p-14)
柿本臣猨が中臣大嶋と共に小錦下になった681年は28歳。
両者が共に朝臣になった684年は31歳。

　ついでに。中臣大嶋は生年が不明ですが、天武天皇10 (681) 年修史事業で筆を取って筆録した主導者でしたから、この年仮に35〜40歳とすると、642〜647年生まれ。持統天皇7 (693) 年に没していますので46〜52歳の死となります。年齢的には問題ない推定でしょう。
　中臣大嶋は人麿より7〜12歳年上の人になります。『古事記』も『日本書紀』も完成を見ないで没しています。

第8章　伊勢神宮賛歌（長歌）の結びの13句

「朝日なす　まぐはしも　夕日なす　うらぐはしも
　春山の　しなひ栄えて　秋山の　色なつかしき　ももしきの
　大宮人は　天地（アメツチ）と　日月と共に　万代（ヨロヅヨ）にもが」

（ここをしもの「まぐはしむ」が又出てきました。朝日も夕日も麗しいのです。）
（「しなひ」はしなやかで趣きがある様を意味しています。「ももしき」は大宮の枕詞）

　結びの13句は、明らかに大宮人の永遠の栄えを祈っています。
　伊勢神宮の大宮人とは、斎宮とも斎王とも言う天皇家の未婚の乙女のこと。伊勢神宮の天照大神にお仕えする<u>斎宮に焦点を合わせて永遠であれと歌い終わった</u>のです。

　この終り方から、この<u>伊勢神宮賛歌は斎宮の着任の儀式の際の歌</u>だと判断します。それも、<u>初代の斎宮</u>であり、後にも代々続いていくようにと<u>永遠を祈っている</u>、と判断します。

　伊勢神宮の祭祀は、天武天皇3（674）年10月9日に、人伯皇女が泊瀬の斎宮（セイツキノミヤ）から、伊勢神宮（カミノミヤ）に向かわれたという『日本書紀』の記録を史実として信じます。それが初代だと。674年だと。

　　天智天皇の近江大津ノ宮から、672年の壬申の乱では伊勢神宮の加勢も得て、天武天皇の明日香浄御原宮の代になりました。
　　その1年後、673年に泊瀬斎宮で伊勢での祭祀の準備が始まりました。
　　またその1年後、現地での伊勢神宮の祭祀は正式に始まったのです。

ここで、第1章の表1、2、3の証明表や第7章までに見た674年の人麿21歳の活躍を考え合わせるならば、第1章の保留を解除して、13-3234,5が人麿の作と特定してもいいでしょう。やっと！

　初代斎王の大伯皇女は、着任の674年は14歳の少女でした。
　任が解けたのは686年26歳で、丁度12年間のお勤めでした。

この間に、684年10月14日、天武巨大（南海トラフ）地震・津波があったのです。

第9章　反歌3235の意味するもの

山辺乃　五十師乃御井者　自然　成錦乎　張流山可母　　13-3235

（山辺の　いしのみゐは　おのづから　なれる錦を　張れる山かも）

反歌では、長歌のまとめをする役割があります。
先ず、歌詞を見て意味を読み取って、その後全体を見ましょう。
　「山辺のイシの御井」は、
　　「自然のままに成った紅葉錦を（衣のように）張り着けた（その山の間を）流れている」「（ここはそんな）山だなあ可母」、
表記漢字をも活かして訳すとこうなると思います。
"イシの御井"は「五十師」と表記しているから、「コロコロと貴い小石」を想像させる御井です。ここでの"御井"は流れているといっていますから、或る一地点の泉とするよりも、コロコロ小石の上を流れる爽やかな流れがふさわしいのです。
　山の間を縫って流れている川なのです。第四句で「張流」ハレルと表記したのはそれを表しているのです。

　私爺ジは既に、13-3234,5の長歌と反歌を伊勢神宮賛歌だと言ってきました。ですから、
　この"山辺の五十師の御井"は"神路山の五十鈴川"なのです。

"走り出のよろしき山"をイメージしていると思います。
　ヤマトの「初瀬川とそこの山（それは三輪山）」を歌った次の歌のイメージです。

『日本書紀』雄略6年2月。天皇が泊瀬の小野に遊びたまいて、山野のかたちをご覧になって歌われた御歌。

　　　隠国の　泊瀬の山は
　　　　コモリク　　ハツセ
　　　出で立ちの　宜しき山　走り出の　宜しき山の
　　　イ　　　　　ヨロ　　　　　デ　　　　　　　　
　　　隠国の　泊瀬の山は　あやにうら麗し　あやにうら麗し
　　　　　　　　　　　　　　　　　グハ
　　　　　　　　　　　　　　　　　　　　　　　　（紀歌77番）

（紀歌77番）に歌われているのは三輪山です。代々崇拝され続けた聖地です。そこの初瀬川は三輪山と一体となって崇められていたのです。稲作に無くてはならないお水様でした。
『万葉集』13-3266「神名火山の帯にせる　明日香の川の……」とここでも山と川が一体として崇められています。お水さまが欠かせない崇拝の対象だったのです。
　　　　　　　　カムナビヤマ

　　反歌3235の歌わんとしているものは、
　"ここは、ヤマトの三輪山と初瀬川と同じ神聖さがある素晴らしい所だ"
　　と言うことだと思います。

　今私たちが、伊勢神宮（内宮）にお参りすると、五十鈴川に掛かる宇治橋の手前で、神路山を望み、高い樹木に覆われた参道へ進み、小石を踏み、五十鈴川の川辺で手をひたします。まるで神聖な神の代に入って行くような心地になります。
　　　　　　　　　　　　　　　　　　　　　　　　　　　　　　ヨ
　この反歌は、そんな"五十鈴川の川の辺のたたずまい"をほめているのです。この解釈で間違いないと思います。

― 従来の注釈への私の不満 ―

　この部分の、講談社文庫『万葉集』の注釈は以下のようです。

　前章での13句について「初めの4句は大宮人の奉仕する大宮の賛辞であって、大宮だけの賛辞ではない。次の4句は大宮人の描写で、御井奉仕の女官の様を特に述べた」とある。文庫は伊勢神宮の斎宮との言い方を避けて、なんだか別の所に御井と大宮があって、そこに女官が奉仕していると、焦点が定まらない註釈になっているのです。大変残念です。「五十師乃原」の注には、「離宮の地」とし、巻1にある1-81の題詞を教えています。題詞は「712年夏4月、長田王(ヲサダノオオキミ)を伊勢の斎宮(イツキノミヤ)に派遣した時、"山辺の御井"で作った歌」。その歌は、

1-81「山の辺の御井(ミイ)を見がてり神風の伊勢少女(オトメ)ども相見つるかも」
です。これも伊勢神宮とは違う所の歌だと解説しているのです。「見がてり」は「見がてらに」で「見たついでに」です。「少女」の原文は「処女」です。斎王のことです。「相見つるかも」は「両方とも見たことだ」です。私はこの歌を、五十鈴川も、聖なる斎宮に仕える乙女たちも、両方とも見た喜びを自慢している、と思います。

　ところが、従来の注釈では、山辺の御井は伊勢神宮へ行く途中の地とされているのです。

　奈良に都があった時代、伊勢神宮に行くには、初瀬川を遡る初瀬街道で山を越え、雲出川に降り今の津市の方から南下して神宮に向かったのです。長田王もそのルートに違いありません。このルートより北の地が清々しい泉があるとしてもこの歌の該当箇所であるはずがありません。世間一般に伊勢神宮ではない所をこの歌の説明に使っているのを見るのですが、そのたびに情けなくなります。

（第15章の1も参照して下さい）

第10章　伊勢神宮賛歌の　まとめ　と違和感

　さて、序章から第9章まで伊勢神宮賛歌13-3234,5を見てきました。
　この歌を、誰が？　何時？　何処で？　作ったものかを確認しておきましょう。
　第1章で、「高照らす日の皇子」が人麿の創始歌詞だと証明しました。今、第8章で長歌が674年の初代斎宮の就任式に歌われたものと理解しました。第7章では人麿は654年生まれと推察しました。第6章では大宮の所在地が、渡会の五十師（石）の原であることを確認しましたし、その近くに吹黄刀自が675年に歌った"ゆつ岩群"の地の存在も推定しました。そうして第9章で、反歌を五十鈴川の川の辺のたたずまいをほめているものと解釈しました。以上の事を考え合わせ、総合的にまとめておきましょう。

　　『万葉集』の13-3234,5は、伊勢神宮賛歌であり、
　　柿本人麿が、674年10月某日に行われた初代斎宮・大伯皇女（大来皇女とも書く）の就任式で、歌ったものだった。
　　　その作歌の場所は、渡会の五十鈴川のほとりの石の原に建てられた天照大神を祭る大宮に於いてであった。
　　　人麿21歳のことだった。

私は少しちぐはぐな違和感を覚えています。それは、石の原と今の神宮の森の中のたたずまいとの違いを感じるからです。
第9章で、宇治橋からの神路山の眺めや樹木の覆う参道のたたずまいを、この歌のこととして書きましたが、その事が少し違っているのではないかと気になるのです。ですからここですっきりと終わる事が出来ません。
次の章が私爺ジのモヤモヤを解消してくれたのです。

第11章　大宮の御坐所
　　　　（延暦23年の『大神宮儀式』から読む）

　以下は、第6章の最末尾に触れた事の続きになります。

　初代斎王・大伯皇女が去った686年以降も神宮は存続していたでしょう。次の斎王は、698年の多紀皇女ですから、12年間の空席があったようです。巨大地震（684年）の影響が考えられます。この時代を語るのにこの地震をほとんど（多くの解説者も）語っていないのが不思議ですが、それはさて置き。

　第6章で、『大神宮儀式解』（神宮司庁昭和10年発行を2006年に再発行）を読んだことを言いましたが、804年の『大神宮儀式』から、神宮の所在地に関する箇所に注意してみます。

　始めの方に、次のように書かれています。

　大神宮の「御座所」は、「度会郡宇治の里、伊鈴河上の大山中」

　また、天照大神が当地に至った「御幸行（ミユキ）」が、豊耜入姫命（トヨスキイリヒメノミコト）から詳しく書き記され、言わば、垂仁紀25年の詳細版となっています。

　最初は「美和（ミワ）の御諸（ミムロ）の原の斎宮」から始まり、途中に10カ所の宮がありますがそれらは省略して、最終部の度会（ワタライ）での三つの宮に注目します。

1 **「次、玉きはる磯宮に坐（マシマシキ）」、**
2 **「次に、百舩（モモフネ）を度会国（ワタライノ）、佐古久志呂宇治家田田上宮（サコクシロウヂノイエダタガミノ）に坐キ（マシマシ）」、**
　　「（その時、宇治の大内人がいて、大神（オオミカミ）に問われたので）宇治土公（ツチギミ）等の遠祖である
　　大田命が ｛ 国の名は、「百舩（モモフネ）を度会国（ワタライノ）」
　　　　　　　川の名は、「佐古久志留（サコクシロ）　伊須須乃川（イスズ）ともうす」
　　　　　　　また、「この川上（ヨ）に好き大宮の地がある」 ｝ と言った」

　（大神がそこをご覧になって大宮地が定まった。）

3 **「朝日来向く国、夕日来向く国、浪の音聞こえぬ国、風の音聞こえぬ国、弓矢鞆（ユミヤトモ）の音聞こえぬ国、と、大御心鎮坐国（シズマリマス）と、悦びたまいて**

大宮を定め 奉(タテマツ)った」

　この後に「伊鈴の御川の溉水ひく田」や「御田作る家田の堰(イ)水ひく田」の豊かで清い事を書いて「御幸行」の項は終わっています。

　804年の神宮の神主（長官）が、桓武天皇（在位737〜806年）にこう報告したのです。読みとるべき事は、

　先ず「磯宮」、　次が「宇治の家田田上宮」、　そして最終の「音の聞こえない大宮（御座所の項に言う『度会郡宇治の里、伊鈴河上の大山中』）」

と、度会の地で3回お宮を移動された事です。冷静に考えて、人々が三度お宮を移した、と、理解すべきです。（この解釈は恐れ多い事かも知れませんが）

　　　　　　　　　　　　（今、神話は不可侵の聖書ではないのを喜ぶ。）

（ここで第1回遷宮について考えます）
　第6章に次のメモも書き残しました。

> また1775年の著者・荒木田経雅が、解説をした江戸の当時、遷宮の制度は、685年に定められ、690年に第一回遷宮が行われた、と判断していたことを知りました。それは信じたくなるほど綿密な検討が記されています。本居宣長の時代を感じる事が出来ました。

　疑いつつも一旦この①685年遷宮20年ごと制、②690年第1回遷宮実施、を信じてみましょう。①は巨大地震の翌年だから。しかし①②とも記録に残っていないのが納得できないのです。何故か何故か。

　②の690年は、藤原京の遷都694年を考えると、神宮の再建を果たして新京の建設に当ったと考えられないことではない、となるか。

　『紀』の690年は、正月持統天皇の即位で始まる。686年天武の死、689年草壁の死、そして孫への皇位継承を目指して自らが即位する、などと天皇家は大変だった。一方では広瀬大忌神・竜田風神への祭祀を4、7月と欠かさず実施していて、大和の三輪山や広瀬・竜田の祭祀で十分とでもいうような記録である。『紀』の編集者の意思は伊勢には向いていない。

　或いは、伊勢の現地、神宮の神主らと先の省略した10カ所の宮などの応援で690年再建されたのかも知れない。674年から活動する現地神

宮組織が頑張ったと考えるのが一番理解しやすいようだ。

　692年持統天皇が伊勢に御幸した時、中納言の三輪朝臣高市麿が冠を脱いで(辞職)までして御幸を諫めたと言う。留守をした人麿の歌3首(第4章に掲載)は女帝への大いなるエールであったのかも知れない。反対勢力の存在が想像できる。

　693年の女帝の歌2-162（夢裏習）は「途絶えている伊勢祭祀を案じていたのかも」と第1章で書いていました。(歌はp-19参照)

　何はともあれ、690年第1回遷宮を信じた時、その御座所は「**音の聞こえない大宮**(御座所の項に言う『**度会郡宇治の里、伊鈴河上の大山中**』)」（p-47の3）であったに違いありません。地震の翌年685年の遷宮制度の制定を受けての事だから「浪、風、弓矢鞆の音の聞こえない、大山中」と言うのが納得できます。(津波の影響を受けたのでしょう。)

(第1回遷宮の前は？)

　そう考えると、その前の674年初代斎宮は「**宇治の家田田上宮**」とならないか？　そして、その場所を判明できました！

　<u>1775年の</u>『**大神宮儀式解**』の<u>解説記事の中に</u>。同書の「御幸行」(p-47に示した2のあと)や「御田行事」の項に、「宇治田は<u>宇治郷の家田</u>の神田にて、<u>大土社の東南の辺りにあり。</u>」とありました。これです。**804年の**『**大神宮儀式**』にある「**宇治の家田田上宮**」は、**大土御祖神社の東南**なのでした。

　第6章で私が、"吹黄刀自の「はたの横山」"とした所でした。そして、多分、そのそばに、伊勢神宮賛歌の"五十師の原の大宮"があったと推察したのでした。天武天皇の代の674年の伊勢神宮です。今の神宮より下流の石の原だった所、そこは大土・国津御祖神社のそば、今の四郷小学校の辺りなのです。

　私はこう思います。

804年の『大神宮儀式』に、垂仁紀の詳細版を書き残してくれたお陰でこんな推理が可能になったのです。
　心を鎮めて色々な関係を整理しなければなりません。表にしました。

表 "変遷" 倭姫神話にも御座所にも変遷がある

御座所	年	出来事	倭姫神話
磯宮	垂仁天皇		伝承されていた
	(672年	壬申の乱)	
	673年	大来皇女が初瀬で潔斎	
宇治の家田田上宮	674年10月	伊勢の度会郡の大宮（初代斎王）	人麿が歌に利用した
		人麿の「ここをしも」賛歌 "五十師の原に大宮"	
	675年2月	吹黄刀自 "ゆつ岩むら" をはたの横山で歌う	
		675年4/18 三位ミツノクライ・麻続王ヲミノオホキミ 罪あり、因幡に流す	
	(684年10/14	南海トラフ大地震)	
	685年	20年式年遷宮制度成立（推測？）	
	(686年天武天皇崩御、689年草壁皇子薨去)		
伊鈴河上の大山中の大宮	690年	第1回遷宮（推測？）　宮所変更→	
	692年	持統天皇が伊勢御幸　留守人麿3首	
	694年	藤原京遷都	
	696年	人麿の高市皇子への挽歌（渡会のイツキの宮ゆ）	『古事記』には載らず『日本書紀』に修正され簡単に、記載された
	698年	伊勢の斎王を再開、多紀皇女	
	698年	年末、多気大神宮を渡合郡に移す（外宮か？）	
	701年	大宝律令の年、斎宮司が寮となる。	
	708年	10月、大神宮へ奉幣、平城宮造営のため	
	710年	平城宮へ遷都　遷宮記事なし	
	711年3月、伊勢国の磯部の祖父と高志に渡相神主の姓を賜う		
五十鈴川上の磯宮	712年	『古事記』太安万侶が元明天皇(阿閇皇女)へ	修正され初記入
	712年	4月、長田王が神宮使。御井と処女の歌	
	720年	『日本書紀』舎人親王が元正天皇へ奏上	
	730年	聖武天皇、神宮への奉幣使は5位以上に	『紀』の記述この後変わらず
	794年	平安京へ遷都	
大神宮	804年	『大神宮儀式』　804年の現状	詳細に更新『大神宮儀式』でのこと
	1775年	『大神宮儀式解』　現状交え解説	

（左欄註：『大神宮儀式』で倭姫との御幸行での宮　私が年代に分けた）

（中欄註：地震の影響を受ける）

私の主張を盛り込んだ表"変遷"です。いかがでしょうか？

　作表のキーポイントは、人麿の歌の「五十師の原の大宮」であり、また「倭姫神話」と「御座所」の移り変わりです。

　『日本書紀』の倭姫神話とその御座所を長年にわたって金科玉条のものとして受けとめていたのがうかつだったようです。それは中途半端な曖昧なものでした。今回、『大神宮儀式』の詳細版・倭姫神話を知り、これが三つの宮地の発想を与えてくれました。

　次に家田田上宮の地が判明したのです。その地は、人麿の歌の「五十師の原」であり、吹黄刀自の"ゆつ岩むら"の歌の「ハタの横山」であろうと思う所でした。

　『大神宮儀式』は804年にその時点で、倭姫神話をまとめた時、過去の横山の宮も神話の中に取り込んでしまった。家田田上宮として。こう私は考えました。

　表には歴史的出来事も添えてみました。巨大地震もですが、『日本書紀』の720年まで様々な事がありました。

　以上が、私爺ジが『古事記』『日本書紀』『万葉集』それに『大神宮儀式』を総合して得た結論といえます。もちろん江戸時代の『大神宮儀式解』（神宮司庁の2006年再発行も）がなければ『大神宮儀式』の利用もできなかったでしょう。

　そう、この結論にたどり着いたから第6章の記述は見直しました。その他は若干の矛盾が生じている所があっても、思考の経過を物語るものとしてそのままにしておきます。

表"変遷"の711年3月の記事は後から追加した。p-61最下段参照

（一番最初の宮？は）

『日本書紀』で、倭姫を御杖として、伊勢神宮の宮地選定の御言葉を発した後の、垂仁紀は「**斎宮を五十鈴の川上にたつ。これを磯宮という**」とあり、少し<u>川上</u>と<u>磯宮</u>がそぐわず曖昧でした。『紀』が完成した720年は690年から30年も経っているのだから、もう少しハツキリと書いて欲しかった。少し舌足らずだった。

　それに比べると『大神宮儀式』は、明確でした。ともかく、674年以前は「**玉きはる磯宮**」（p-47の1）だったのでしょう。夫婦岩がご神体だったでしょう。p-34の枠内のグリーンノートを見て下さい。そこに、天　石戸別神またの名は櫛石窓神、豊石窓神といい御門の神、とあります。これでしょう。
（アメノイハトワケ　　クシイハマド　トヨイハマド　　ミカド）

― 参考までに ―

　804年の『大神宮儀式』の記載内容を確認する意味で、宇治山田神社（中村町）という今現在、森に囲まれた神社を見ましょう。804年の時点で、神祇官の管轄に入っていますが、修理などは国郡司が行う、言わば地元の神社です。記載内容を『大神宮儀式解』に従い訳します。

「大水神の児（ミコ）・山田姫といいます。御神体は有りません。同じ内親王の御世に祝いを定めた。正殿は一区（長さ7尺、広さ4尺、高さ5尺）板葺きです。御垣は二重（一重は玉垣で長さ4丈8尺、高さ8尺。一重は柴垣で長さ25丈、高さ1丈。）坐す地は2段300歩。四方は（東は道、南は宇治の大川、西は沢と畠、北は大道。）」

『解』には、内親王とは倭姫だとあります。そして、何よりも大事な事は「今の世、この社は絶えてその跡さへ知る人無し。」と1775年での現状を説明しています。ですから、現在のものはそれ以後に、推定し復活されたのです。804年の『大神宮儀式』があったから出来たのでしょう。『大神宮儀式』に記載されている宇治乃奴鬼神社（楠部町乙）は「大水上児高水上。形石坐」とあるだけです（形石坐がご神体は石だと言う事です）。1775年に所在が判らないと説明しています。ここも今、跡地との表示とわずかに樹木が存在しています。また、神路橋のそばには、「瀧祭りの淵」という拝所があり、殿舎がないのに「瀧祭神社」と言うのがある事も知りました。これも郡の管理ですが別宮並みに重要な役をしているようです。影の宮と。

　なお、"大土（御祖）神社"の"四方"の記述を写しておきます。（東は公田（クデン）、南は御刀代（ミトシロ）並びに溝、西は家田堰（イエダノイセキ）並びに大川、北は百姓畠（ミタカラノハタケ））公田も御刀代も御田の事という。そして、『解』の人土神社（オオツチノヤシロ）の解説記事の最後に、"当社の土地は度々の洪水によって、川岸（との間、私爺ジの注。）が狭くなってしまった。今の社地の西の大川の中に巌（イワオ）があるが、そこまで社地だった。"とありました。1775年の江戸時代の現状に至る前の状態を述べてくれていました。

　私爺ジの脳裏に幻想が浮かんできました。大宮（家田田上宮）から、河川の氾濫原である石の原が見渡せます。その中に巌（イワオ）が突き出ている。それは人麿が歌った伊勢神宮からの眺めだ、と。またそこの巌（イワオ）こそ吹黄刀自が歌った岩だった、と。

53

第12章　歌物語　―哀れを歌う―

　私はこの間まで、大伯皇女・大津皇子の悲しい歌を、素直に本人たちの歌として鑑賞してきました。しかし先日来、事件の本人たちが歌っただろうかと疑問を抱くようになりました。そんなわだかまりを持って、古歌を読んでいると、似たような歌に出くわしました。

記歌112（紀歌86と同じ）
（顕宗天皇が父の市辺忍歯王の遺骨を求めた時、淡海の老媼が知っていて「歯の特徴も見ている」と申し出た。都で褒美と置目の名をもらったが老いているからと国に帰った。その時、顕宗天皇が詠んだ。）

　「置目（オキメ）もや　淡海（オウミ）の置目　明日よりはみ山隠（カク）りて見えずかもあらむ」

　これは同じ気分の歌をどこかで読んでいるぞ、と。次の歌を思い出す。
大津皇子の臨終歌3-416
　「ももづたふ　磐余（イワレ）の池に　鳴く鴨を　今日のみ　見てや雲隠（カク）りなむ」
　こちらは、講談社文庫の注に、他人の作とありました。（弓削皇子の挽歌を置始東人が歌った2-205の「隠りたまひぬ」のようにと。）なるほどと納得しました。
　前歌は老媼（オウナ）の置目（オキメ）が去っていく時、天皇が歌った。後歌は皇子が死んでいく時、他者の誰かが歌った。
　中西進氏も、悲劇の本人が歌ったものではないと、そう解説していたのです。さすがに専門家、深く洞察している、と感心しました。

　歌物語だった
　大津皇子を主人公にした悲劇の歌物語があったのです。
　『懐風藻』によると、新羅の僧・行心が大津皇子の人相を占い、人の上

に立つ相だと見立てたそうで、皇子がその気になっているのを、親友の河嶋皇子(大津より6歳上。互いに裏切らない誓いまでしていた??)に通報されて発覚したと言います。
　『日本書紀』によると、大津皇子は10月3日、死を賜った。24歳。
　事件に関って捕らえられた者が30余人いたが、皆許されている。
　ただ一人、大津の舎人だったのだろう礪杵道作(トキノミチヅクリ)だけは伊豆に流刑された。人相見の新羅僧・行心は罪に問われなかったが飛騨の寺に移されたと。

　この事件を悲劇と見てか、多くの歌が詠まれていました。

　ここに、大津皇子の悲劇に関係する他の歌を羅列してみたくなりました。

　大津皇子が密かに伊勢の大伯皇女に会いに行った時の大伯皇女が歌った二つの歌。
　　2-105　わが背子を大和へ遣ると　さ夜ふけて　暁(アカトキ)露(ツユ)にわが立ち濡れし
　　2-106　二人行けど行き過ぎ難き秋山をいかにか君が独り越ゆらむ
　大伯皇女の大津死後、伊勢から帰京した時の歌。
　　2-163　神風の伊勢の国にもあらましをなにしか来けむ君もあらなくに
　　2-164　見まく欲(ホ)りわがする君もあらなくになにしか来けむ馬疲るるに
　及び
　　2-165　うつそみの人にあるわれや明日よりは二上山を弟世(イロセ)とわが見む
　　2-166　磯の上(ウエ)に生(オ)ふる馬酔木(アシビ)を手折(タオ)らめど見すべき君がありと言はなくに
　これらに先がけるべき、大津皇子と石川郎女との相聞歌。
　　2-107　あしびきの山のしづくに妹待つとわが立ち濡れし山のしづくに
　　2-108　吾を待つと君が濡れけむあしひきの山のしづくに成らましものを

　さらに続く、占い師・津守連通の暴露に応じた大津の歌。

2-109　大船の津守が占に告らむとはまさしに知りてわが二人宿し

そしてダメ押しのような日並（草壁）皇子の石川女郎への歌。
2-110　大名児が彼方野辺に刈る草の束の間もわが忘れめや

　これらの一連が歌物語を構成していたと、文庫は解説してくれていたのです。
　文庫の105の注に「いわゆる大津皇子事件の歌物語の内。よって最終構成は詞人の手になる」とあります。詞人とは専門の作歌人のことでしょう。
　郎女の107の注にも、「わが立ち濡れし」を共有する大伯皇女の105を指摘し、「歌物語の故か」とあります。
　109の注でも、占い師・津守連通の大津の謀反事件への関与を示唆しています。110には、事件との関連があるとは注がなされていませんが、我々読者に大津と草壁と石川郎女との恋の三角関係を連想させるに十分な並び（順番）の配置になっていると思います。

　この大津を巡る歌物語の前段に、13-3225,6（泊瀬の川の白水郎の釣船の歌）を置き、13歳の大伯皇女が斎宮として過ごしている寂しい気持ちを父親の天武天皇即ち大海人皇子にぶつけていると見ると面白いと思います。（歌は p-63 に）
　さらに、この本で取り上げている伊勢神宮賛歌13-3234,5をも、その歌物語の中に包み込んでしまう事が、出来ると思います。13-3225,6（泊瀬川のアマの釣り船）に続く、伊勢神宮の初代斎宮の着任式の歌として。
　また、13-3223,4（小鈴もゆらに紅葉を手折る歌）も大津皇子の死の直前に置き、26歳の大伯皇女が斎宮として弟が罪に落とされる運命を思い悲しんでいる、と見る事が出来ると私は思うのです。（歌は p-60）

天武2（673）年、13歳の大伯皇女が初瀬川の斎宮（イツキノミヤ）となり、天武崩御の686年の大津皇子の謀反による賜死までの13年にも亘る歌物語が再現できます。そう考えると、次には、それを歌に出来た人は誰かと問えば、人麿に白羽の矢が立つのは自然な流れでしょうが、実際は多くの人々が思いつくまま沢山の歌を読んで楽しんだのかもしれません。

　　ここに、『懐風藻』も見てみます。
『懐風藻』に、大友皇子2首、河嶋王子1首、大津皇子4首の順に漢詩がある。
　大津の3首目は面白い。七言。述志。「天紙風筆画雲鶴。山機霜杼織葉錦」この7言二句だけ。
　意味は、「天の紙に風の筆で雲の鶴を画き、山の織機に霜の糸通しで葉の錦を織る。」
　中国の漢詩には無い、独自の漢語「天紙、風筆、山機、霜杼」を使い、気宇壮大な発想で「性頗放蕩（セイスコブルホウトウ）」の批評だ。
（大津の万葉歌8-1512）
「経（タテ）もなく緯（ヌキ）も定めず少女（オトメ）らが織れる黄葉（モミチ）に霜な降りそね」これなども自由奔放だと。
　上の漢詩は、大津の句を上の句として、下の句を他者に付けさせる連句を楽しむものだった。「後人の連句」があって、「赤雀含書時不至。潜龍勿用未安寝」が付けられていた。意味は、「朱雀は予言の書をくわえているのだが、その好機は至っていない。あたかも淵に潜んでいる龍のように、その能力は用いられることなく、それゆえにいまだ安眠も出来ないことだ」この後人とは大津以後の時代の人で不明。大津事件で連座した知識人かも、としている。巨勢多益須なら付けられただろうと。
　大津の4首目は、**五言。臨終**。一絶。「金烏臨西舎。鼓声催短命。泉路無賓主。此夕誰家向」
　意味は「太陽は家々の西の壁を赤く照らし、夕刻の時を告げる太鼓の音は私の短い命をさらに急がせる。黄泉の路には客人も主人もなく、この夕方に誰の家に向かうことになるのか」
　以上、『懐風藻全注釈』（辰巳正明　笠間書院　2012年）より。

　　私爺ジは、**「五言。臨終」**も**「後人の連句」**と同様に後世の人が書き加えたと思います。『万葉集』の大津皇子の上の8-1512を除く歌が、他者が悲劇のヒロインに仕立てて作歌したように、この**「五言。臨終」**も

他者が作詩したに違いないと思います。隋が開皇9（589）年、陳を下して中国を統一した時、陳の最後の皇帝・叔宝（陳後主）が捕らえられて長安に連行されていく時に詠んだ「陳後主の臨刑詩」が手本だと言います。陳後主の部下に江総という人がいて、漢詩文集を残しています。『懐風藻』には、山田三方が江総の詩をまねた「七夕」を残しています。ですから、私が思うには、多分この「五言。臨終」も、山田史三方（大学頭・従五位下）あたりが、大津皇子の死を悼んで代作したのだと思います。三方は大津の7歳ぐらい上の漢詩の先生だったと思いますから。多分、三方は20歳ぐらいの時・675年7月の遣新羅使として新羅に渡り、676年2月に帰国し、江総の文集の文献を持ち帰ったのです。三方は長生きしています。『続日本紀』、養老5（721）年正月条に、文章に長け東宮侍（養老4年正月に従五位上）、養老6（722）年4月20日条に、**官物横領の罪も、清貧であり、新羅に遊学し帰朝後、生徒にその知識を伝授している実績により許されている**、とあります。

　三方も人麿とほとんど同じ年代の人でした。大津皇子はこういう人々に将来を期待されていたのだと思います。

山田史三方は『万葉集』に三方沙弥の名前で出てきます。10-2315の歌ですが人麿の歌集に収められていました。二人は知り合いだった事が確認できました。また19-4227,8の三方の歌が「藤原房前に求められて歌った」ものと語り継がれて、大伴家持が越中守で750年12月の雪の中のみかんを詠んだついでに、隣に掲載されていました。その反歌の19-4228は

　　　「ありつつも見し給はむそ大殿のこの廻（モトホリ）の雪な踏みそね」

これは725、6年以前の歌だと推測します。

藤原房前は不比等の4子息（共に737年に疫病死）の一人です。

第13章　五十鈴川の名前のできるまで

　p-35下段に枠書きしましたが、この問題に取組みましょう。

　p-50に―表"変遷"―を作ったので書きやすくなりました。

　今、五十鈴川と呼ばれる川はその初めはどうであったか。その語源の手掛かりを求める時、『古事記』、『日本書紀』より古い時代に求めなければなりません。それは両書に既に「イスズの宮」、「イスズの川上」と出ていたから。

『万葉集』には、『記・紀』のできた712年、720年より古い歌があります。その中から、一つの手掛かりは、674年の伊勢神宮賛歌13-3234,5、が"宇治の家田田上宮"の歌だということ。そこは<u>"五十師の原"</u>と歌われていた。

　これぐらいしかないのですから万人が承認できる語源の決め手はありません。あとは、想像を膨らませてみるしかないのです。

　そこでこれからは想像のお話だと言う事をお断りしておきます。

　さて、804年の『大神宮儀式』に倭姫神話の「御幸行(ミユキ)」の中で、宇治土公等のご先祖である大田命が、大神に尋ねられて答えた「川の名前は<u>佐古久志留　伊須須の川</u>です」、これがあります。これは"宇治の家田田上宮"でのことでした。(p-47参照)

　一方、同じ『大神宮儀式』の各神社の位置情報として、宇治山田神社の「南は宇治の<u>大川</u>」とあり、また大土神社の「西は……<u>大川</u>」とあります。(p-53参照)

『大神宮儀式』の執筆者は宇治土公です(p-61参照)。同じ筆者が同じ川の名前を使い分けています。

　神宮の大宮の川としては「佐古久志留　伊須須の川」を使ったのです。

　それは、そこに小鈴(ミゴ)の祭具を持つ巫女たちがいるからでしょう。

伊勢神宮賛歌13-3234,5がある巻13に、もう一つこの"宇治の家田田上宮"の歌だと思える次の歌があります。

かむとけの　　光れる空の　　ながつきの　　時雨シグレの降れば　　雁がねも　　いまだ来鳴けかず
霹靂之　　　　日香天之　　　九月乃　　　　鐘礼乃落者　　　　　　鴈音文　　　未来鳴

神南備カムヒの　清き御田屋の　垣内田カキツタの　池の堤の
甘南備乃　　　清三田屋乃　　垣津田乃　　　　池之堤之

ももたらず　　斎槻イツキが枝に　瑞枝ミズエさす　秋の赤葉モミヂバ
百不足　　　　五十槻枝丹　　　水枝指　　　　秋赤葉

巻き持てる　　小鈴コスズもゆらに　たわやめに　　われはあれども　　引きよぢて
真割持　　　　小鈴文由良尓　　　手弱女尓　　　吾者有友　　　　　引攀而

峯ミネもとををに　ふさたをり　　吾は持ちて行ク　君がかざしに
峯文十遠仁　　　挧手折　　　　吾者持而徃　　　公之　　　　　　（13-3223）

　この歌の舞台は"宇治の家田田上宮"ではないでしょうか。「清き御田屋の垣つ田の池の堤の……巻き持てる小鈴もゆらにタワヤメに我はあれども……」とあり、それは宇治の御田「伊鈴の御川の瀦水ひく田」や「御田作る家田の堰水ひく田」の様であり、また<u>小鈴を持つタワヤメの我は斎王を想像させます</u>。

　それにこの歌の出だしが暗いことから、この歌は、686年9月天武天皇が崩御し、大津皇子が死に追いやられる事を心配した伊勢の斎王・大伯皇女の歌だろうと思わせます。でも、すでに歌物語の存在を知っている今は、人麿が歌で物語ったのだと思います。

> その人麿作の証拠となる歌があります。人麿が舎人親王（天智天皇の娘と天武天皇との子、675年生まれ）に献じた歌9-1683です。そっくりです。
>
> 　「妹が手に取りて引きよぢ房手折りわれかざすべく花咲けるかも」
> 　　漢字原歌「妹手　取而引与治　挧手折　吾刺可　花開鴨」

　その物語は686年の大津皇子謀反事件ですから、上の歌13-3223もその直後の年のものとなるでしょう。687、8年頃か。

<small>　684年10月14日の巨大地震からは2年後ですから宮は応急の修復が行われ、一方では685年定めた遷宮の計画が進行していた時でしょう。物語では地震のことは別次元のこと。</small>

こうして"宇治の家田田上宮"が小鈴の祭具「くしろ」を持つ斎王のイメージで語られていたために、宇治の大川は「川の名前は佐古久志留伊須須の川です」と言われたのでしょう。(次の移転地を推薦する直前に。)

実は、宇治土公等のご先祖である大田命(ノミコト)がこう言ったのですが、『大神宮儀式』の執筆者の宇治土公が、自分のご先祖さまがそう言ったと、即ち命名者はご先祖だと書いていたのです。

"宇治の家田田上宮(イエダタガミノミヤ)"の時代のことなのです。

それは第1回遷宮の690年以前のことなのです。

この結果、712、720年のイスズの宮、イスズの川上の記述になった、と想像するのです。私は。

こういう事は、804年の『大神宮儀式』に倭姫神話の最新詳細版があつたから想像できたのです。

804年の『大神宮儀式』の執筆者を挙げておきましょう。
　1，大内人無位(オホウチヒトムイ)　宇治土公磯部小継(ツチギミイソベオナハ)　　　　　　　　(執筆責任者)
　2，禰宜大初位上(ネギダイショウイジョウ)　荒木田神主公成(カンヌシキミナリ)　　　　　　　　(神主長官)
　3，大神宮司正八位下(ダイジングウシ)　大中臣朝臣眞継(オホナカトミ マツグ)　　　　　　　　(都からの長)

1775年の『大神宮儀式解』の著者は、
　禰宜荒木田神主経雅(ネギ　　　　　ツネタダ)

同国人の本居宣長が序を書き、世にも稀な神主経雅(ツネタダ)が現れて出来たと述べている。

(実は、『続日本紀』元明の和銅4〈711〉年3月に、伊勢の磯部の祖父と高志が姓(カバネ)として、渡相神主を頂いていました。これは外宮の氏なのでした。『大神宮儀式』の著者・磯部オナハの3、4代前の祖先と言えます。第1回遷宮に関与した人たちでしょうか。大田命(ノミコト)は彼らの父かも。p-34の『古事記』のグリーンノート部の情報提供者かも。なお、荒木田は内宮の禰宜の氏でした。)

以上で五十鈴川の名前のことは終りです。

― 参考までに ―

1．神武天皇の后になった媛蹈韛五十鈴媛命(ヒメタタライスズヒメノミコト)が居て、五十鈴が使われています。しかし、これは『日本書紀』(720年完成)での事なのです。『古事記』(712年完成)では、后の名前の由来を説明し、生まれた時の名前を富登多多良伊須須岐比売命(ホトタタライススキヒメノミコト)またの名は比売多多良伊須気余理比売(ヒメタタライスケヨリヒメ)としています。即ち、神武天皇の后の五十鈴姫は720年完成の『日本書紀』から使われたのです。これからも判るように、五十鈴の表記はそんなに古くはないのです。p-34に示した『古事記』のグリーンノートの五十鈴（原文は、伊須受）は早い（新しい）方なのです。

2．ついでにp-60に［　］書きした歌9-1683の私流読みについて説明をさせてもらいます。

　漢字の原文も付けておきましたので、見てください。歌い出しの「妹手　取而……」を講談社文庫では「妹(イモ)が手を取りて……」と読んで、「妻の手をとるように」と訳しています。私流は「手に」と読みます。もう一つ「わが」を「われ」と変えました。

　それは先に示した13-3223（p-60）の歌意からそうならなければならないのです。最終部分の、

　　　たわやめに　われはあれども　引きよぢて　峯(ミネ)もとををに　ふさたをり
　　　吾は持ちて行く　君がかざしに

ここは歌物語の大事な場面です。"斎王（大伯皇女）の乙女が、枝を引き寄せ山盛り一杯になるように房を手折って、私は持って行きますよ、貴方（弟の大津皇子、罪に落とされようとしている）のかんざしにするために。"と歌っているのです。この歌意が大事なところです。

　歌9-1683は、人麿が、17、8歳ぐらいの若い舎人親王(トネリシンノウ)に恋の歌の手ほどきとして献じたのではないでしょうか。(691、2年頃となるでしょうか。)

「妻の手を取るように」と手枕のように解釈するのではなく、私の訳は

次のようになります。

「愛しい乙女が自ら枝を引き寄せて手折って、その房をカンザシのようにして私を飾ろうとする、（そのことを思わせるように）花が一杯咲いていますよ。（さあ、花を見に行きましょう）」

そして人麿は舎人親王に"斎王（大伯皇女）"の歌を教えてあげたのだ、と思います。

私の解釈は元歌に強く引きつけられ過ぎでしょうか？

文庫の読みが、先人の度重なる努力の果てとは知りつつも、こんな解釈と読みでも楽しめますと、付け加えてみました。

3．ついでにp-56で触れた巻13の詠人不詳の13-3225,6を載せておきます。

 13-3225 天雲の　影さへ見ゆる　隠口の　泊瀬の川は
     浦無みか　船の寄り来ぬ　磯無みか　海人の釣せぬ
     よしえやし　浦は無くとも　よしえやし　磯は無くとも
     沖つ波　競ひ漕ぎ入来　白水郎の釣舟

  反歌
 13-3226 さざれ波浮きて流るる泊瀬川寄るべき磯の無きがさぶしさ

第14章　私の　人麿

　私爺ジは人麿の歌を若返らせました。作歌の年代を。
　674年、忍壁皇子(オサカベ)の雷(イカヅチ)山の歌（3-235の左注歌）を詠んでいた。
　伊勢神宮賛歌13-3235,6も同年。
　その前年にも泊瀬の川の白水郎(アマ)の釣り船の歌13-3225,6も。
　人麿の社会参加は壬申の乱から始まっていたのです。
　672年、18、9歳の年。
　この年齢は、土屋文明氏や梅原猛氏が言っていることでした。
　また、私爺ジは1-45の「軽皇子の安騎の野の狩り」の講談社文庫の中西進氏の注に「持統天皇6、7年の冬か」とあることから、「皇子10歳で狩り遊び」の指標を得ました。
　そうして、人麿の実際の歌った年を推定しました。
　大きくは外れてない推定だと思います。p-14のパープルノートの末尾の『紀』が不思議にも支持をしてくれています。

　従来、人麿は689年の草壁皇子の挽歌から登場と言われてきました。ここに、そうではなかったと、私爺ジなりに、整理し直してみます。

先ずは人麿の人となりなどプロローグ

　彼は、その時代の要請のままに生きたのだ。丁度、我が国の文字使用も成熟してきていた。我が国の古い伝承を振り返り、記録しておくべき時に差し掛かっていた。それは、歌の世界でも、集団歌謡から、徐々に個人歌謡が発生してきていた時代だった。彼の出自は古い謂れを持っていた。柿本氏は『古事記』中つ巻の孝昭天皇の条に、天皇の長男が「柿本臣の祖(カキノモトノオヤ)」と出自を明記されている。『日本書紀』巻第四の孝昭天皇の条に、天皇の長男が「和珥臣等の始祖(ワニノオミ ハジメノオヤ)」と書かれている。人麿が生きていた時代には、今の『記・紀』はなかったが、彼は整理されつつあった時代にいた。

彼の家には家伝があっただろう。皇別(スメラワケ)であり、和珥(ワニ)氏の末の自負があり、あのウジノワキノイラッコが百済から来た王仁(ワニ)に着いて学んだとの伝承も知っていただろう。伝来ものの漢字も、親しみ愛用するのがむしろ自家の家風であった。遠いワニ氏の先祖を誇る伝統を重んじる家風の中で、仏教とは距離を置き、漢詩とも距離を置いた。まれにみる天才であり、知識を吸収することは才能のなせるところだった。生活感覚もいたって正常で、喜怒哀楽の感性豊かなことも人一倍だった。

　体制に不満など持たない。持たないのが当然であった。世襲の不変の身分制度の中に生きていた。言霊を信じていた時代でもあった。迷信が蔓延していて、占いは日常生活に生きていた時代だった。人麿は彼の時代の集められるだけの歌を収集していた。なぜか、神話の伝承も同い年の稗田阿礼のように知っていた。古い伝統の体制の中で、『記・紀』の世界は今の表記ではなかったが、それなりに表記されて、稗田阿礼と同様の"難しい読み"を行うことができた。聖徳太子による遣隋使以来、仏教が盛んになり、新しい律令による国家が求められていた。だが人麿は伝統の言霊の歌の世界に身を置き続けた。

　人麿が生まれたのは、難波の宮から、明日香に都が戻ってきた年、654年だった。稗田阿礼もこの年に生まれていた。
　660年、彼がまだ7歳の時、百済が唐と新羅の連合軍によって滅ぼされた。10歳の時、日本(ヤマト)からの救援軍も朝鮮半島の白村江沖で大敗した。多くの亡命者がやってきた。国の危機を感じて育った。
　柿本氏はヤマトのワニの郷(今の天理市のあたり)にいて、慌ただしい宮廷とは直接関わらなかっただろうが。
　都が近江大津の宮に移った667年は14歳。

　この年、額田王が近江に移住する時、1-17,8を
「三輪山をしかも隠すか雲だにもこころあらなむ隠そうべしや」と歌い、井戸王が1-19「へそがたの林のさきの狭野榛(サノハリ)の衣に着くなす目につくわが背(キミ)」と答えて詠んだ。それは人麿の郷の近くであり、井戸王は彼の一族の女性だったかも。
　その頃、人麿は代々伝わる家伝や、古歌謡を習い、また収集もし始めていただろう。

新羅との国交も回復し世相は穏やかになってきた668年。蒲生野で5月5日の端午の節句の狩りが行われ、華やかな歌の饗宴が行われた話は柿本氏の郷にも伝わってきた。人麿も早くそのような世界に行きたく思った。もう自分の歌に自信を持っていた。

　だが、18歳になった671年天智天皇が崩御し、大海人皇子が吉野に出家した。

　そして、672年、壬申の乱が起きた。19歳だった。柿本氏は大海人皇子に着いて戦った。人麿は高市皇子の軍に加わり戦場を経験した。こうして人麿は明日香の浄御原の宮に勤めることになった。

　彼の歌詠みの才能はずば抜けていた。

　壬申の乱の歌物語に1-25,26（み吉野の耳我の嶺に時じくそ）などを披露してみたか。　　　　　　　　　　　　　　　　　　　　　　20歳

　673年4月、まだ13歳の大伯皇女が初瀬の斎宮で潔斎していた時、皇女の寂しさを歌って見せた。13-3225,6だ。その反歌は「さざれ波　浮きて流るる泊瀬川　寄るべき磯の無きがさぶしさ」(p-63) だ。　20歳

　また、翌674年、忍壁皇子が10歳になり、石上神宮の神宝を磨きに遣わされ、雷岳に遊んだ時、「王(オホキミ)は神にし座せば雲隠(クモガク)る 雷(イカヅチ)山に宮敷きいます」(3-235の異伝) との歌を献じた。　　　　　　　　　　　　　　　　21歳

　その秋も深まって10月大伯皇女が伊勢神宮に斎宮として就任式が行われた。この時13-3234,5の伊勢神宮賛歌を人麿が歌った。初代斎宮にふさわしい歌だった。　　　　　　　　　　　　　　　　　　　21歳

　675年、同年代の山田史(ヤマダのフヒト)三方(ミカタ)が遣新羅使の一行と遊学に出かけた時、航海の無事を祈って13-3250,1,2の3首を歌った。反歌の1つ3251は「大船の思ひたのめる君ゆえに尽す心は惜しけくもなし」（貴方のために無事であれと心を砕いて祈っています）と歌った。　　　人麿22歳

　親友の新羅留学生・山田史三方が漢詩で七夕を歌ったりしたので、人麿も680年10-2033七夕の歌（天の川安(ヤス)の川原の定まりて神競(ココロキホ)へば磨(ト)ぎ

て待たなく）を詠んで自分の歌集に記入した。　　　　　　　　27歳

　その他672年頃から680年の人麿の歌を特定できないが、彼の歌集がこの間を物語っているのだと思う。天皇、皇后、諸皇子の代作もしたろう。
　　少し時代を確認しておきましょう。
　679年、天武天皇8年11月条に、「難波に羅城を築く」とある。
　　その前段には、「初めて関を竜田山・大坂山に置く」とあり、関所が設けられている。寺には貧しいものがたむろし、町には乱暴者が横行していたようだ。今、大阪城の南方、中央大通りの南に難波宮跡の広場がある。大化の改新で孝徳天皇が都とし、天武が679年再び、飛鳥の宮と合わせてもう一つの都とした所だ。外国との往来に欠かせない港でもあった。大阪湾を内陸部と隔てるように南から半島台地が北へ伸び、内陸部には河内湖（草香江）が生駒山地の麓まで広がっていた。難波宮の北には堀江運河があり、倉庫群が並んでいた。
　そこの雰囲気を伝える歌が『万葉集』にある。長忌寸意吉麿（ナガノイミキ オキマロ）が歌った。
「大宮の内（ウチ）まで聞こゆ網引（アビキ）すと網子調（アゴトトノ）ふる海人（アマ）の呼ぶ声」　3-238
　　　意味；難波の宮の内まで呼び声が聞こえてくる。漁師が網を引くのだろう、
　　　　　漁師たちの掛け声が調子よく聞こえてくる。
（講談社文庫の注には、文武の706年難波御幸の時か？　と言うが、この歌は霜の降りる季節ではない。記録されなかった680代の天武天皇の御幸があったと私は考える。）
　長忌寸意吉麿（ナガノイミキ オキマロ）は、持統天皇の代に良く活躍し、16-3824〜31の8首など、愉快な遊びの歌がある。人麿の同じ時代であることに注意したい。一つだけ、漢字原文と読みを揃えて。

「一二之目（いちにの目）　耳不有（のみにはあらず）　五六三（ごろくさむ）　四佐倍有来（しさえありけり）　双六乃佐叡（すごろくの采サエ）」　16-3827

　さてさて、
　天武天皇が修史事業をせよと、28歳の稗田阿礼に誦み習わせたのは、天武10年、681年のことだった。草壁皇子立太子20歳
　人麿は681年12月、28歳で小錦下に。（『紀』に柿本臣猨が）

682年　長皇子(ナガノミコ)10歳に雪が降って楽しいねと3-239歌。　　　　29歳
683年12月、朝廷は諸国の境界を定めようとしたが、出来なかった。
　　この時、伊勢王らが国境画定の旅をよくした。
　　（人麿もこの数年間に旅の歌をよく詠んだのだろう。1-29近江荒都歌など）
684年11月、朝臣に。　　　　　　　　　　31歳（『紀』に柿本臣が）
直前の10月14日巨大地震が起きた。
686年9月天武天皇が崩御。10月2日河嶋皇子が大津皇子の謀反を内
　　通し、大津皇子は同月3日に賜死。　　　　　　　　人麿33歳
　　人麿は、記紀伝承の悲劇には精通していたし、持統女帝の意を汲み
　　万民にも通じる悲しみの歌を詠んだ。第12章で見たように。
689年、皇太子の草壁皇子が薨去した。
　　女帝は人麿に挽歌を頼んだ。語り伝えられていた神話を踏まえたし
　　めやかで見事な挽歌だった。　　　　　　　　　36歳のこと。

後に編集された『万葉集』では、この時から人麿が記録されていた。
代作者の役から解放されたか、それとも最早人麿の存在は知れわたっ
ていて、あれも、あれも人麿の歌だと言われていたかも。

（以下に幾つかの歌を。中には私が推定した作詠年代があります）

人の哀れを歌った。
　　　挽歌。686年、大津皇子代3-416。　689年、草壁皇子2-167,8,9。
　　　　　691年、河嶋皇子2-194,5。　696年、高市皇子2-199,0,1。
　　　　　699年？人麿の軽路の妻2-207,8,9, 2-210,1,2, 2-213,4,5,6。
　　　　　吉備の采女2-217,8,9。　讃岐の石の中の死人2-220,1,2。
　　　　　700年、明日香皇女2-196,7,8。
　　　　　3-426香具山の屍。3-428土形娘子火葬。　3-429,0出雲娘子火葬。
　　　　　？年、自ら臨死2-223。

皇子たちの歌のお相手もした。

　　674年、忍壁皇子（持統天皇？3-235）の左注歌。　　682年、長皇子3-239,0,1。

　　690年、新田部皇子3-261,2。　　　692年、軽皇子1-45,6,7,8,9。

　　？？年、忍壁皇子9-1682。　　舎人皇子9-1683,4, 9-1704,5。1774,5。

　　　　弓削皇子9-1701,2,3, 1709,1773。

旅もした。

　　674年、伊勢神宮へ　13-3234,5　　683（4）年、1-29,30,31近江の荒れたる都

　　686（7,8？）年、3-249～256難波、淡路、明石など8首。　3-303,4筑紫への船旅

　　690年5月、1-36,7吉野宮御幸　　691年4月、1-38,9吉野宮御幸

『万葉集』に、全部で、長歌19、短歌69、合計88首の歌が収められている。

　代作分をも含めると幾つになるのだろう？

　702年12月、女帝が崩御。

　人麿も人の子だった。自分を必要としてくれた女帝が亡くなってから、今度は自らの哀れを歌って終りにすることにしたようだ。

　2-223石見国で臨死歌

「鴨山の岩根し枕けるわれをかも知らにと妹が待ちつつあるらむ」と。

(案の定、後世は彼の悲劇をまとめて、物語りはじめた。彼が物語ったように。私もこうして)

　しかし、この歌は巻2「相聞」の巻頭にある仁徳天皇の皇后・磐姫の4首の2番目の歌（2-86）

「かくばかり恋ひつつあらずは高山の磐根し枕きて死なましものを」

を利用し、自傷・臨死の歌に変えたものだ。パロディーと思うとイメージが変わる。人を煙に巻くための歌だと思うと面白い。依羅娘子（ヨサミノヲトメ）（架空の妻？）、丹比真人某（タヂヒノ マ ヒトボウ）（わざと名を隠した？）、とぐるになって芝居をしているのではないか。

　時代は大宝律令ができ、不比等らの新しい思想が展開していた。

古い言霊の世界に生きていた人麿は去っていった。処刑と言うより自ら幕を引いたのではないだろうか。謎の哀歌を残して。
（何だか、最終的に『万葉集』を残した大伴家持が最後の歌を歌った後沈黙したように、人麿もそんな感じを残している。）

　708年4月20日、柿本朝臣佐留卒す。55歳。（『続日本紀』に）
　稗田阿礼はまだ生きていた。『古事記』は712年完成。
　山田史三方（かつて新羅に学んだ）は藤原房前の求めに応じて歌ったり、726年長屋王宅での新羅の客人との宴で詩を詠んでいた。

　人麿の歌は、彼の死後、それも『記・紀』歌謡の後に集められ、それが契機になり『万葉集』のはじめとして編集されたのではないだろうか。或いは、人麿本人が708年没まで、丹比真人笠麿と『万葉集』の巻2までの原案を作っていたかも。

　　　丹比真人嶋は、人麿（こちらは朝臣だったが）と一緒に真人の姓（カバネ）を貰った仲で、文武天皇4（700）年に左大臣であり77歳の喜寿のお祝いに霊寿杖（竹に似た節のある木の杖）を賜り、701年7月没した。中西進氏は丹比嶋が人麿の庇護者だったか、としている。笠麿は嶋の息子だろうか？

　最後に一言。人麿は、720年完成の『日本書紀』に柿本臣猨と記され、797年完成の『続日本紀』に柿本朝臣佐留と記されたのだが、天孫降臨の神話で、猿田彦の故郷が伊勢であったのだから、伊勢神宮賛歌を作った人麿には案外サルの名が相応（フサワ）しいのだ。
　猿田彦はヒラフ貝に挟まれて溺れ死んだ。
　人麿の妻という依羅娘子（ヨサミノ）は、

　　「今日今日（けふけふ）とわが待つ君は石川の貝に交（かひまじ）りてありといはずやも」

(2-224) と歌っているではないか。あなたは猿田彦だったのね、と。
　私爺ジは究極のパロディーだと思います。

『日本書紀』の編集者に人麿をよく知る人がいるとすれば、それは舎人親王 (675年生まれ) でしょう。

> 720年に不比等の死を受けて知太政官事になり、729年には長屋王を廃し自死させ、同年光明子を皇后とした時代にあって、没する735年までその職・知太政官事にいた。

　720年4月、舎人親王 (この時46歳) が『日本書紀』を元正天皇 (阿閇皇女の娘・氷高皇女) に奏上した。
　これらの人は天武10 (681) 年12月条に人麿が柿本臣猨（サル）の名前に変えられていることを知っていたかも。
　人麿と妻と友人が猿田彦を真似て臨終歌を作ったことも知っていたかも。
　だからサルと改名してあげたのかも。

― (追記) 参考までに ―
柿本の氏名（ウジナ）について
　第15章の「3、高倉山古墳の主」で、敏達天皇の代の伊勢の采女・菟名子について書いてみましたが、これは私の幻想によるものでした。
　ところで、『新撰姓氏録』に「敏達天皇の御世に、家の門に柿の樹が有ることから、柿本臣の氏とした」と柿本氏の始まりを説明しています。柿本の名前が、伊勢の采女・菟名子が活躍した敏達の御世からというのが、大変気になります。
　『新撰姓氏録』が815年完成で、平城天皇の後の嵯峨天皇の命で作成されたという時代背景を考え合わせても、人麿は伊勢に深い関係があったのではないか？　或いは平安時代の初めにそう考えられていたのではないか？　と思えてなりません。
　この本で扱ってきた伊勢神宮賛歌などは、柿本人麿の作だとされていたから、こんな氏名由来があるのではないでしょうか。

伊勢地方　河川と旧跡

第15章　前章までを書き終えた後での　追加の３題

１、仙覚 (p-28の小文字記述関係) と長田王と伊勢

　仙覚が「伊勢国風土記」を書き残してくれたのは、1-81長田王の歌（p-45に述べた）の中の「神風の伊勢」の注釈に当たってだった。「神風の根元はいまだ聞いた事が無い。」として引用したのだ。お陰で、伊勢津彦が東に去った風土記神話を知る事が出来た。また、1-81について仙覚は言う。「山の辺の御井は伊勢の国なり。……（師頼が申されたという）大神宮の天降り給える所なりと言う。……」私爺ジが調べたところ、(師頼)は　源　師頼で、1139年72歳で死んだ人であり、平安時代の終りに近い1156年の保元の乱で敗死した藤原頼長の学問の先生だった。**読みとるべき大事な事は、平安時代末、山辺の御井は伊勢神宮の地として考えられていた事。**

　仙覚の『万葉集註釈巻第一』は元寇の５年前の1269年２月24日に書き終えた。多分、今の鎌倉の妙本寺の奥の小高い竹の御所（第４代将軍の妃）の墓所にあった御堂で書き溜めたものを清書したのだと思う。

（私は毎年鎌倉八幡宮に初詣に行くが、時々この地にも足を向ける。）

（妙本寺は日蓮宗の草創期の古刹で、スケッチに来る人もいる。）

　その仙覚の『万葉集註釈巻第一』の最終部で、712年の長田王の３首を読むうちに、『万葉集』の巻１の末部のこの３首が、13-3223（p-60）や、巻２の末部の人麿の伊勢の臨終関係歌を、不思議にも匂わせているように感じた。ここに並べてみよう。

　1-81　山の辺の御井を見がてり神風の伊勢少女ども相見つるかも
　1-82　うらさぶる情さまねしひさかたの天のしぐれの流らふ見れば
　1-83　海の底奥つ白波立田山何時か超えなむ妹があたり見む

巻２の（人麿の石見国　での死に臨む自傷歌）
　2-223　鴨山の岩根し枕けるわれをかも知らにと妹が待ちつつあるらむ
（妻の依羅娘子の歌２首）
　2-224　今日今日とわが待つ君は石川の貝に交りてありといはずやも
　2-225　直の逢ひは逢ひかつましじ石川に雲立ち渡れ見つつ偲はむ
（丹比真人某の人麿の意になぞらえ答えた歌）
　2-226　荒波に寄り来る玉を枕に置きわれここにありと誰か告げなむ

2-227　天離る夷の荒野に君を置きて思ひつつあれば生けりともなし
　　　　　アマザカ　ヒナ

1-81は、13-3234,5即ち人麿の伊勢神宮賛歌を思い出している。
　　同じ「御井」を歌う。
1-82は、13-3223（p-60）即ち「しぐれの中で御田のそばの紅葉を手折る斎宮」を思わせる。
　　仙覚は言う。1-82は「この歌は時雨を哀れむ心と聞こえる」。
　　私爺ジは言う、3首の題詞に夏4月とあるのに、時雨を歌うのは13-3223大伯皇女の歌を思い出した故と。（歌中の「さまねし」は「さ数多し」で「多く増してくる」です）
1-83の冒頭原文は「海底奥津白浪」であり、仙覚は言う。「ワタツミノオキツシラナミ」とよむべしと。また「立田」は「波が立った」であり「竜田」の意もあると。
　　私爺ジはいう。1-83は、丹比の里（今の大阪府・羽曳野市あたり）の人麿の妻と言うヨサミのオトメに呼応している。
　　　　　　　　　　　タヂヒ
　　奈良盆地から竜田山を通り西に峠を越えれば丹比の里だ。一見、どんな関係があるのか判らなかったが、2-224と呼応し人麿の立場の歌だと。

　　良く考えてみると、712年1月28日『古事記』が元明天皇（阿閇皇女、この時52歳）に太安万侶から奏上された。その2カ月後、長田王は伊勢神宮へ派遣された。
　　多分、『古事記』の奉納が任務だったと思う。天照大神の伝承を初めてまとめた『記』なのだからこの奉納は行われなければならない。使者の長田王は、多分50歳ぐらいだったと思う。38年前になる674年の伊勢神宮賛歌は少年の頃のこと。この人は九州に船旅をした。3-245,6,8の題詞は、人麿3-303,4の題詞と共通性がある。共に683年以降の国境画定の旅だろう。二人は同じ船に乗っていたかも知れない。685年とすれば、23歳ぐらいと人麿32歳となる。長田王は、3-248に依れば九州薩摩のセトを見た。

<u>1-83の長田王の心を推察すると</u>、「人麿さん、あなたは、依羅娘子（架空の妻？）、
　　　　　　　　　　　　　　　　　　　　　　　　　　　ヨサミノヲトメ
丹比真人某（わざと名を隠した？）、とぐるになって臨終自傷歌とそれへの挽歌を残したのですよね。あの舞台は石見国と言いますが、本当は岩を見る国、即ち伊勢のことですよね。私にも『古事記』の猿田彦の気持ちが判ります。あなたも海の底に居るのですよね。弔いの歌を私も一つ歌わせてもらいます。」<u>とこんな風に思います。</u>

　　（昭和52年「万葉集叢書第八輯」に所収の、大正15年　佐佐木信綱編『仙覚全集』に、感謝。ここに仙覚の『万葉集註釈』が掲載されている。）

2、宗教の生まれた頃

　私の伊勢神宮への知識は、漠然として三種の神器の鏡を祭る神聖なる所という程度のものでした。恥ずかしい事かも知れませんが、私はついこの間まで、伊勢神宮に参拝した天皇は、明治天皇が最初だという事を知りませんでした。今、大事な事を、ヤット知ったのです。これを知った時、二つの思いが浮かびました。一つは、伊勢神宮に天皇は参拝しないという決まりがあったのだ、との驚きの思いです。もう一つは、あの戦争に突き進んでいった現人神としての天皇親政のことです。

　私は明治天皇の伊勢神宮初参拝を考えなければならないという思いに抗(アラガ)いながら、今は、古代の歌の世界のことに専念しようと心を定めました。

【神（穀霊）の産屋を覗くなかれ】

天武天皇によって伊勢に復活された神宮祭祀で、見落としてはいけない
　　大事な点は「斎王によって祭る」点だった。
何故こう思ったか？　私が抱いている疑問に答えを与えてくれるからです。

　★　その疑問とは、日本の正史が伊勢神宮への天皇の参拝を伝えない事。
　　　（聖武天皇の場合）
天平12（740）年8月29日、九州で広嗣の乱が起きました。僧玄昉と吉備真備を罷免しろと。聖武天皇は「思い留まる事が出来ず」東への旅を始めました。『続日本紀』によると、伊勢国壱志郡河口頓宮（今の、津市白山町、雲出川河口から約20km上流）での10日間の滞在を教えてくれます。11月2日壱志群河口頓宮到着、11月3日九州からの逆賊・広嗣を捕まえたとの報告を得て、すぐに処刑しろと伝達、11月4日頓宮の近くで狩りをした。11月5日九州からすでに処刑したとの報告を受けた。『続日本紀』は、(確かに) 11月3日に伊勢神宮に使者を派遣し幣帛(ミテグラ)を奉ったと記録しています。しかし、そのあと11月12日に壱志郡に至り宿るとあり、11月6日から11月11日まで6日間は、何をしていたか判らない、空白にしている事を知るだけです。

　　　　（11月12日の頓宮(カリミヤ)は、次の『高倉山の主』に出てくる、雲出川が伊勢湾へ出る河口の北4km
　　　　にある今の津市の藤方(フジカタ)と見るのが妥当でしょう。雄略天皇がニエを盛る器を作るために伊勢
　　　　国藤形村からも土師部を召集したという地です。)

　一方、『万葉集』には、次の歌が収められているのです。
　　大伴家持の6-1029、河口(カワグチ)の野辺に庵(イホ)りて夜の経(フ)れば妹(イモ)が手本(タモト)し思ほゆるかも
　　聖武天皇の6-1030、妹(イモ)に恋ひ吾(アガ)の松原見渡せば潮干(シホヒ)の潟(カタ)に鶴(タヅ)鳴き渡る
　　丹比屋主真人の6-1031、後(オク)れにし人を思はく四泥(シデ)の崎木綿(ユウ)取り垂でて好くとそ思ふ

　　　　家持の6-1032,3、天皇(オホキミ)の行幸(ミユキ)のまにま吾妹子(ワギモコ)が手枕(タマクラ)巻かず月ぞ経(へ)にける
　　　　　御食(ミケ)つ国志摩の海人(アマ)ならし真熊野(マクマノ)の小船(ヲブネ)に乗りて沖辺(オキヘ)漕ぐ見ゆ
　　さらに市原王の4-662、網児(アゴ)の山五百重(イホヘ)隠せる佐堤(サデ)の埼左手蠅師子(サキサデハヘシ)の夢(イメ)にし見ゆる

　　　（私は、一行の中に18歳の市原王がいた事を前著『お伊勢参り ― 追想 ―』でほぼ証明した）

　私はこれらの歌々は、11月6日から11月11日までの6日間の行動を示していると思っています。津市白山町から、多分、海路で志摩の阿児の松原、そして英虞湾が見下ろせる高台（多分、横山展望台）へ、そして斎宮（明和町の）へも立ち寄り、11月12日に津市のフジカタに泊、と。

　しかし『万葉集』も、聖武天皇の伊勢神宮参拝を伝えてくれません。

　また『日本書紀』も、692年の持統天皇の伊勢行幸で、（志摩の）阿児への立ち寄りは伝えていますが伊勢神宮への参拝は伝えていません。（この時の歌は、p-30の人麿の留守の3首です。）

　そっけなくも思える日本正史の記述に、謎を感じていましたが、この無関心を装っている様な頑なさをさらに強烈に再認識させてくれたのが「伊勢神宮への天皇の参拝は、明治天皇が初めて」という情報でした。伊勢神宮には天皇は参拝してはいけない、というハッキリとした観念かタブーがあったと思うしかないでしょう。私の脳裏に浮かんできたものは、次の事です。

　天照大御神には斎王がお仕えしなければならないと言う事。斎王には出来て、天皇には出来ないもの、それは、穀霊との交わりだろう、と。

　　　スサノオが高天が原を追われて、出雲の娘・櫛名田姫がヤマタノオロチに捧げられなければならない時、大蛇(オロチ)を退治して救ってあげた。あの神話の中のヤマタノオロチは穀霊であり、村の娘を人身御供にする風習があったのではないか。古代の人間社会集団をまとめるためにそんな儀式があったかもしれない。

　　　"穀物を司る神に処女を提供し穀物の豊作を願う"、ということを思う。

　　　（現代の科学的思考では、ありもしない幻想への極度な恐怖症と判断されるでしょう。）

　私は、この天皇の怖れの考えに至って、当時の人と霊の関係を、わずかながらも実感できたと思いました。そして先ほどの日本正史上の聖武天皇や持統天皇の神宮参拝を伝えない謎が解けたと思いました。

　　★ 神（穀霊）の産屋(ウブヤ)を覗(ノゾ)くなかれ、なのです。

　　　　　　　　　　　　　　　　　　　　（幕屋の聖所もこれなのだろうか？）

　天皇は遠くから遥拝をすることが出来ても神の領域（聖所）に入る事は慎まねばならなかったのです。

76

弥生時代の稲作社会で王も人々も、穀霊の神の存在を信じていたのでしょう。王が娘を神（穀霊）に差し出す。それを頂点として各地の豪族の長たちも娘（采女）を大王に差し出す。大王が神に絶対服従するのだから、諸豪族も大王に絶対服従しなければならない、という構造が想像できました。その構造のまま、祭りの道具（祭具）としての銅矛や銅鐸から銅鏡への変化があったのではないでしょうか。また、私たちは、『万葉集』に東歌の庶民の新嘗祭の風習の歌14-3386や3460を知っています。穀霊への怖れの信仰は東国へも広く普及していたのです。

【宗教の生まれた頃】

　そうだったのです、伊勢神宮の信仰は、王も青人草（草と同格である人々）も共々に、神（太陽と水）に、太陽と水による草（稲、食べ物）の育ちを祈るものだったのです。太陽と水とは、穀霊の象徴なのでしょうか。

　　　　私はシュメールの世界を想像します。　　　　　　　　　　　（附録2、参照）
　　　　　シュメール人は　人類史上、書くことを始めた人々。チグリス、ユーフラテスの両大河の地、メソポタミアで。紀元前5？千年からだ。そこに居たシュメール人が粘土板に、あの洪水物語も含む神話を残してくれた。神々（原初の海神ナンム、天空神アン、大地神キ、水神エンキ、大気神エンリル、月神ナンナ、太陽神ウトゥ、天の女主人イナンナ〈金星〉等々）がいた。その太古の時代にリーダーは神々であり、労働は神に作られた奴隷のような人々が行っていた。きっとリーダー（僧）が神々を演じることを求める奴隷のような多数の人々と、少数のリーダー（僧）が神々を演じていた。そこでは、自然を崇拝し、穀物の霊を祭る儀式が行われていた。
　　　　　（注：これは私の脳裏に浮かんだ灌漑農業の原初の事であり、私の想像のままの文です。
　　　　　　実際は、強権による強制の社会集団だったかも知れませんか。）

シュメールの「イナンナ女神の冥界下り神話」は、『古事記』のイザナギの黄泉国（ヨミノクニ）訪問神話とイメージでは酷似しています。
　　　　（そこには、愛と豊穣と戦いの神であるイナンナ女神が冥界から"生命の水"と"生命の草"
　　　　のお陰でよみがえり生還できたと語られ、泣き沢女と関係するドゥムジ〈イナンナの夫、牧
　　　　畜神〉の半年ごとの冥界入りの話もある。月神ナンナの子である太陽神ウトゥとイナンナ。
　　　　イナンナは農耕民を好きだったがウトゥの勧めでドゥムジと結婚した、という。）

　私は想像します、あの『万葉集』巻14の東歌の相聞（下総国）3386の事を。
「鳰鳥（ニホドリ）の葛飾（カツシカ）早稲（ワセ）を饗（ニエ）すともその愛しきを外に立（カナ）てめやも」
歌意；（葛飾の新穀を神に捧げるために籠もっている私〈女〉ではありますが、外に

来ている愛する人を立たせたままにしておきたくない、あぁ。)
　この歌がかのメソポタミアのシュメールの女人の歌でもあったであろう（と想像します）。

> そして、夢見るのです。今現在も、伊勢神宮で続けられている「太陽と水と草の祭り」が、かのシュメールの聖所で行われていた祭りとよく似ていると。彼の地ではとっくに滅ぼされてしまった信仰が、この地に生き残っていると。

　以上、私爺ジは、「宗教の生まれた頃」を実感できたと思いました。
　そもそも私の読書のテーマは宗教について考えることだった。
　大学は土木工学を学んだのだが、旧約聖書、新約聖書も一通り目を通していた。内村鑑三も、親鸞も『歎異抄』も読んだ。50過ぎてから道元の禅宗や、キリスト教の発生した紀元前後のヨセフスの著も読んだ。そんな過去のせいか、一度は宗教の発生について自身の考えをまとめてみたかった。しかし、書けるとは思っていなかったのだが。

【他力のこと】

　宗教とは、そもそも人間が進化の過程を経て人間として発生した時から考えるべきなのだ。哺乳類の類人猿の人科の原人のと。私たちの遺伝子にはその過程の初発のものが引継がれている。いわば原始の獣性が強烈に人間には具わっている。初めの段階では自然界の営みに身を任せ、獣的に生きていたはずだ。男性は攻撃的であり、生存競争に立ち向かう、女性は子育てが第一。家族を成し、集団を成す。南米の密林の原住民は500人規模の集団に達すると新たに別の集団を作るという。その集団を成し、社会を形成する事は、農耕、とりわけ灌漑農業によってその規模をより一層大きくしていった。
　不可解な霊の立ちこめる中に掟ができる。だがその初めの段階にして、人間は野蛮な獣性によって支配されていた。長たるリーダーも、従う者も。この獣性を克服しなければ、社会生活をして行く事はできない。この獣性を克服することは自力でできないのが人間なのだ。そこに他力を頼る必然性がそもそもあるのだ。他力とは神のこと。
　（我が国の場合）
　我が国はユーラシア人陸を海で隔てた極東にある。西からの文化は遅れてやって来て、消えるものは消え生き残るものは生き残る。そんな繰り返しが何べんもあっただろう。縄文時代の早くから土器を焼き、栗林なども作っていた。水田稲作は紀元前1000年頃に伝わってきた。我が国に銅鐸を祭る時代が始まり、やがて鏡が現れた。きっと自然崇拝の時代は山であり、川であり、岩であり、巨木などがシンボルだったろうが、そこに青銅の鉾が、また霊妙な音を出す物、太陽のように光り輝く物、が現れたのだ。リーダーたちはそれで青人草に神の霊を示す事が出来たのだろう。
　（獣性を克服し社会を維持するために、他力が即ち神が必要だった。従う青人草にも、リーダーにも。）

記紀神話に語られる食物の神は、いずれも姫神だ。オオゲツヒメ神、トヨウケヒメ神などと言う。
２世紀後半から卑弥呼の時代は始まったようだ。卑弥呼の時代よりずっと前から、稲の穀霊をまつる女性が居て、その女性が、日の御子と呼ばれていた。そんなことが日向地方などにあったのだろう。太陽の運行が冬至と夏至を繰り返すことを知っていて、高天が原の世界も想像しただろう。
　鏡をシンボルとして祭る自然崇拝は、拡がり続けた。４世紀半ばには論語が伝わり儒教色が加わった。倭の五王の時代が来て、東日本まで鏡によって日本社会は統一されたようだ。具体的には、埼玉県の行田市の稲荷山古墳出土鉄剣で確認できる、ワカタケル大王（雄略天皇）の統一だろう。その時には伊勢の神宮祭祀はあったと思う。岩を祭ることから全国に通用する鏡を祭る形への変更がなされたのだろう。文字が発達し始めた時代である。鏡を祭る祭祀は、各地の夫々の地に応じて様々な自然崇拝の形に変化をもたらした事だろう。
　そして、538年に仏教が経典をもって伝来し、文字文化も大きく拡がった。この仏教の普及によって、自然崇拝派は刺激を受け続けたことだろう。
　ついに、587年、鏡を祭る自然崇拝派の物部守也が、仏(ホトケ)に戦勝を祈願した蘇我馬子と聖徳太子に滅ぼされた。

> （地中海のローマでも、シーザーもとっくに去った西暦312年、コンスタンチヌス帝がミルウィウス橋の戦いで、初めてキリスト教を旗印にして戴き勝利を得た。そしてキリスト教を公認し、今のイスタンブールに遷都した。時代はこのようにして変わっていった。）

　　　　　（中国では、孔子の教えが重んじられたようだ。占いや神などの世迷言は捨てろ、
　　　　　仁義礼智信などの人の道を大事にしろと。）

　それから672年、壬申の乱を経て天武天皇が即位して、鏡を祭る自然崇拝の祭祀は復活した。674年の晩秋、柿本人麿が伊勢神宮賛歌（13-3234,5）を歌った。400〜500年も前から続いてきた鏡を祭る自然崇拝派にとっては、仏教に対する反作用的ないわば文芸復興のルネッサンスだった。そう私にはみえる。
『古事記』の記述が、仏教の発展の兆(キザシ)が著しくなった推古天皇の代で終っていて、それは鏡を祭る自然崇拝の宗教政治の終りを暗示しているようだ。
『万葉集』の歌々も、仏教の歌などは無い。無文字文化が文字を以て記録された自然崇拝の時代の古層を偲ばせてくれている。これらも文芸復興の一連のものと私には思える。
　伊勢神宮賛歌（p-6）をもう一度読んで下さい。
　天武天皇が、大来皇女（13歳）を673年に泊瀬の斎宮とし、674年に伊勢神宮の斎宮とした、この宗教。伊勢は全国の穀霊の大元締めなのです。

伊勢が"御食都国（ミケツ）"と呼ばれるのは、この穀霊を祭る聖なる国だとの思いに至って納得できるものになりました。

【おわりに】

　私の心をまだしばらくは記紀万葉の古代に遊ばせたいと思います。
　天皇（その時の武力を司る長）が伊勢神宮に参拝しない古代が、愛（イト）おしく、うらやましいとさえ感じます。迷信がはびこる、ひどい差別の時代であったことも忘れずに、私は天武天皇たちの政教一致の時代における神への怖れをもう少し考え続けたいと思います。

(補足)『神宮要綱』(神宮司庁編纂　昭和3年発行)に次のことを知りました。
　　斎王は、後醍醐天皇の頃までで以後は無い。
　　式年遷宮制は、概ね現在まで継続されてきた。
　　天皇の参拝は、明治2年、明治天皇が初めて。（江戸城無血開城の翌年）

3、高倉山古墳の主

　今回、伊勢神宮賛歌を材料にして色々書いて来たが、考古学については素人の浅学ゆえほとんどで触れることができなかった。外宮の裏山に高倉山古墳があることは知っていたが、三重県の歴史を読んでもピンと来なかった。今回この私の本を印刷する前に、似たような内容の本が既に有りはしないかと調べてみた。倭姫神話や御座所の変遷を扱っているものはあっても、家田田上宮を最初の大宮とするものは見つからなかった。

　それはそれでいいのだが、素晴らしい本があった。

　その名もズバリの『伊勢神宮の考古学』（穂積裕昌　雄山閣　2013年7月5日）だ。

　この本は、考古学の観点から伊勢神宮祭祀の成立時期を考察している。ありがたい本だ。

　要点を拾っておこう。（時々、私見も交えて。）

雲出川（奈良県から宇陀市や名張市から峠を越え三重県側に下ると雲出川があり、白山町から湾曲しつつもほぼ東に流れ久居ICより南で一志町を通り津市と松阪市を分かち伊勢湾に出る）より南を南伊勢と呼んでいる。

　松阪市には松阪ICとその北方の雲出川の間に阿坂山がある。その阿坂山より北（雲出川の南）に4世紀前半から後半の前方後方型の古墳群がある。桜井市に前方後円型の箸墓古墳（280m）が出来た頃より1世紀ほど遅い頃である。（中でも4世紀後半の向山古墳は72mで、各種鏡と碧玉の石釧、車輪石などが出土している）阿坂山の麓にはアザカ神社があり、記紀の猿田彦を祭っているという。（猿田彦は、アザカで貝に挟まれ死んだというだけで、五十鈴川の川上の出のはず。なにか可笑しいと思う。私は。）

　さて、雲出川の北側は中伊勢であるが、久居ICの東4km、雲出川より北4kmの伊勢湾に近く津市藤方(フジカタ)がある。ここに中伊勢最大の前方後円墳の池ノ谷古墳（87m）があり、4世紀末と推定されている。またこの付近は焼き物用の粘土が出て古墳時代前期から後期まで土師器、埴輪、須恵器などの窯業が盛んだったことを示す遺跡が多い。著者の穂積氏はこの地に4世紀末ヤマト王権と関係を持つ氏族が現れたと言う。このフジカタの地名が大事な歴史を負っている。『日本書紀』の雄略天皇17年3月条に、「御膳(ミケ)をのせる清い器を作るため、土師連(ハジノムラジ)の祖・吾笥(アケ)が、全国から贄(ニエノ)土師部(ハジベ)を集めた時。伊勢国の藤形村も記録されていた。（474年？の事）」

　また、例の804年の『大神宮儀式』の詳しい倭姫神話中に、先に私が省略した10の宮の一つであるが、「次に、壱志(イッシ)藤方片樋宮に坐しき。」と出てくる。この藤方片(カタ)

樋宮(ヒノミヤ)で、お供のものが阿佐鹿の悪神を平伏させた。国の名を（その地の）建筥子(タケアザコ)に（大神が）問われた時「宍往く筥鹿国」と答えたと言う。

　　特記事項【『日本書紀』に雄略天皇18年秋8月条に、伊勢の朝日郎(アサケノイラツコ)を征伐した記事があった。朝日郎は強弓のつわものだった。伊賀の青墓(アオハカ)に逆に打って出て戦い、朝廷側を散々に苦しめたがついに捕らえられて死んだと。今の伊賀市阿保(アオ)に古い墓がある。そこは740年聖武天皇が東国への旅に出た時、屯宮を建てた所でもある。この"朝日郎"はアサカの建筥子と同一人だと、私は思う。雄略18年は475年？であるが、考古学は津市藤方(フジカタ)にある中伊勢最大の前方後円墳・池ノ谷古墳を4世紀末と推定しているから（朝日郎の征伐は）1世紀ほど早かったのだろう。『紀』の編集者が古い伝承を雄略天皇の代に当てはめたのだろう。『大神宮儀式』の著者は垂仁期の倭姫神話の時とした。本当は応神天皇の代（ヤマト政権が大阪湾に拡大した頃）かも。注意して読み解かねばならないのだ。考古学が進むに従い記紀神話はベールを剥がされて行く。】

　ともかく、松阪市の阿坂山の北に4世紀後半に前方後方墳を造っていた勢力が悪神の筥子(アザコ)なのだろう。それを、4世紀末に津市の藤方の前方後円墳の池ノ谷古墳の勢力が征服したと言う事だろう。

　次に、南伊勢に、5世紀前半、前方後円型では最大の宝塚1号古墳（111m）が現れる。櫛田川より西の今の松阪市宝塚町光町（昔、飯高郡。湾岸より約10km内陸部）にある。とに角、立派な舟形埴輪など豊富な形象埴輪が有名。私はこの古墳に、誉田御廟山古墳（応神天皇陵かと言う5世紀初めの前方後円型420m、羽曳野市）に出土した「囲い形埴輪」（水神祭祀家屋のミニチュア）があることを知っていた。この水神祭祀は群馬の三ツ寺遺跡に現物が発掘されていて、巻向にもあり、全国に普及した古い信仰だと思っている。それはともかく穂積氏は5世紀前半に宝塚1号墳が築かれたが、南伊勢では、それを最後に定型の前方後円墳（全国的にも6世紀末までは造られた）は築かれていないという。なお宝塚古墳のそばの金剛川を河口に向かう中間右岸の標高3mの沖積平野にある佐久米大塚山古墳（5世紀後半、今はない、40mの帆立貝型か）からは立派な金銅装のカブトが出土している。河口部に港があったと言う。万葉歌1-61「ますらをが得物矢手(サツヤタ)ばさみ立ち向かい射る円方(マトガタ)は見るにさやけし」（702年11月22日持統太上天皇の一行が三河国から尾張、美濃を経て伊勢の祓川河口の的潟に着いた。歌は舎人娘子）と歌われた的潟だ。今の櫛田川と祓川の河口の中間に丸い湾を形成していたと言う。地形が変わってしまったのだ。

　次に、櫛田川より東に祓川(ハライガワ)（櫛田川の昔の本流）があり、現在の多気郡明和町に斎宮跡が河口から6kmの右岸側（標高10m）にある。斎宮跡より南（内陸側）の玉城丘

陵に幾つも5世紀後半の古墳（その中の高塚1号墳は帆立貝式75m。）があるが、6世紀代には首長らしい古墳は見極められないとしている。土師器や麻布の生産が盛んに行われていた。あとのことだが、斎宮跡のそばには7世紀代の双方墳が150基もあり、その中でも坂本1号墳は首長のものだろうとしている。そこは神衣祭の麻続氏の本貫だろうという。祓川の河口は、続麻郊（オミノ）と呼ばれ、660年百済救援のため駿河国で造った船がこの続麻郊で停泊中に、船の向きが前後を逆転してしまったと『紀』に記されている。（麻続の字まで引っ繰り返っている）穂積氏は、ヤマト政権の東の重要港だったと説明している。麻続は汐潟の東の地と言う。

　穂積氏は、内宮本殿の北に小支谷を隔ててある荒祭宮が湧水地祭祀の遺跡の地である事や、洋上の神島の遺跡も、それに神衣祭についても丁寧に検討している。そして、考古学の観点から、<u>伊勢にヤマト王権が、現在の内宮の地（清浄な水分けの地を占める）に、5世紀後半に、祭祀施設を整備した、と結論付けている。それを支える現地勢力は、窯業や、機織り業などを行い、最初は玉城丘陵にいて、最終的には斎宮周辺に移り、坂本1号墳を造った人々だという。</u>
　　私は、施設はあの松阪市宝塚町の宝塚1号墳に祭られていた井泉祭祀埴輪や導水祭祀埴輪を想像する。きっと、今に伝わる神宮正殿の建築様式「神明式」、3世紀の巻向にもあったという「近接棟持柱式掘立柱建物」があっただろう、と想像する。ただし私は、今の内宮より下流の宇治の御田の地だったと思う。そこに遺跡が埋まっていると思う。
　著者の主張を読み取れば、<u>人々は今の斎宮の地や宮川の河口左岸の地、要は宮川以南を聖域として、その外に居住して聖域を支えた</u>、という事らしい。（御田は聖域の中なのだ。）
考古学の専門家が、大変難しい問題に取組んで説明してくれた。素晴らしい分析であり、こんな事を知る事が出来た。

　そして、その後の6世紀末か7世紀初頭の事だと。突然とも言える古墳が、高倉山に造られた。40mの円墳だが、日本全国的にみても立派な横穴式石室と羨道を持つ（荒いが石組みでアーチ天井を造っている）高倉山古墳である。
　高倉山古墳は伊勢神宮の祭祀の歴史に重大な画期を成すものという。そして、"<u>外宮の起源については保留するが、現時点では始祖として仰ぐ人物の墓所の北面にこれを祀る宗廟的な性格を外宮が有していた可能性も考えておく必要があろう</u>,"としている。（私は、外宮は698年に移築〈p-50参照〉されたものだと思う。）
　ここに、その古墳の主は特定されていない。この点に私の謎解きの意欲が掻き立てられた。

以下に私の妄想を書いて見ます。(p-85「伊勢の采女・菟名子の系譜」を参照のこと)
　6世紀末から7世紀初頭と限定されれば、仏法を信じなかった敏達天皇の代（在位572～585年）が考えられる。587年に廃仏派の物部守屋が蘇我馬子と聖徳太子に滅ぼされる前代である。
　その時代に敏達の夫人になった伊勢の采女・菟名子がいる。斎王に菟道皇女（すぐ解かれたが）がいる。皇子女の名前に乳母の出自の名が使われるという見方をするのが、私が採用している「出自の謎解き」の手法の一つだ。ここに、菟名子の母は、菟道の磯津の人、菟の字からそう考えた。その系統は磯部氏になるだろう。敏達夫人の菟名子の勢力は強かったのだろう。と言うのも次のことがあるからだ。敏達の娘に、菟道磯津貝皇女が二人居る。先の手法から、2皇女の乳母は伊勢の磯津の人だと見る。そこは宮川の河口の今の伊勢市磯町だろう。菟名子は明るく聡明だったようだ。異母の2皇女に磯部氏の乳母を二人もつけた。その皇女が、一人は伊勢の斎王となり、一人は東宮の聖徳に嫁いだという。
　菟名子と敏達との娘・糠手姫皇女は、またの名は田村皇女という。田村皇女と押坂彦人大兄皇子との子が舒明天皇であり田村皇子と言われた。即ち舒明は菟名子の娘・田村皇女が母なのだ。それに、以後の歴代天皇は菟名子の血を引いているではないか。
　菟名子・采女が夫人になったのは、敏達4（575）年で、年齢は18歳（552年生まれとなる）ぐらいだろ。菟名子の父は伊勢大鹿首小熊であり、伊勢国河曲郡大鹿の郷（今の鈴鹿市）の出身であったが、菟名子は磯津で育ったのかも。采女になる前には、菟道の御田屋で斎宮のお手伝いをしていたかも。采女になってからも華やいで宮廷生活を送ったと想像できる。敏達が亡くなったのは585年。菟名子の父も、菟名子も600年頃の死亡だろう。こう考えると、問題の我が国屈指の規模の横穴式石室をもつ高倉山古墳の主は、この父・娘が該当者になり得る。当世流行の女性の活躍の見方からすれば、菟名子がふさわしい。高倉山からは、磯津も御田屋も見渡せるだろう。
　こうなると、674年の伊勢神宮賛歌の時代はもう近い。（菟名子が呼んでいたのかも）
　あるいは、小熊の時代、菟道の御田の地（今、標高8m）に天照の祭りを行っていたか。清流があり、不思議な岩があった。舒明の時も、孝徳の時も、天智の時も、家田田上に御田屋があり、その地に674年、神明造りの大宮が出来た。684年、大地震。685年、遷宮制度ができた、その後、あの倭姫神話が804年、語り直された時、大田命が「川上の好き地」大山中を進言したことにした。磯部氏のご先祖大田命は、高倉山に眠る菟名子（或いは、小熊）の3代程後か。(p-61最下段参照)
　これは私爺ジの幻想だが。（伝承の物語はこんな風に出来たのかも。）

伊勢の采女・菟名子の系譜

『日本書紀』による。

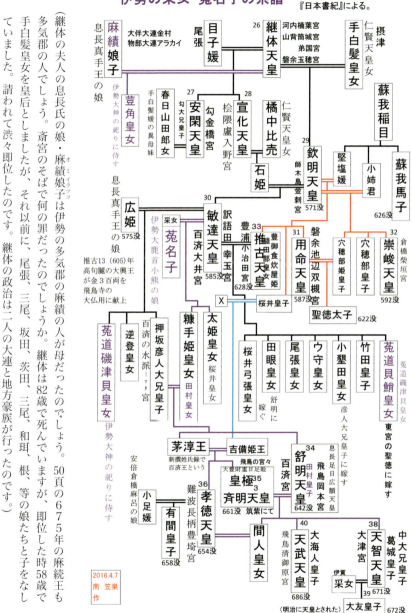

（継体の夫人の息長氏の娘・麻績娘子は伊勢の多気郡の麻績の人が母だったのでしょう。50頁の675年の麻続王も多気郡の人でしょう。斎宮のそばで何の罪だったのでしょうか。継体は82歳で死んでいますが、即位した時58歳で手白髪皇女を皇后としましたが、それ以前に、尾張、三尾、坂田、茨田、三尾、和珥、根、等の娘たちと子をなしていました。請われて渋々即位したのです。継体の政治は二人の大連と地方豪族が行ったのです。）

おわりに

　書き終わり、ナント幸せな時間を過ごしたかと伊勢神宮賛歌に感謝しています。こんな展開など考えてもみませんでした。最初はこの歌が余りにもつれなく扱われているので、何としてでも光をあてたい、ついでに五十鈴川の語源を説明できれば良いと、その程度の考えでした。人麿の歌を若返らせることができるなど、ビックリです。講談社文庫『万葉集』の注釈が切っ掛けですから何とも有り難いことです。伊勢神宮の御座所の変遷を知る事が出来たこと、これまたビックリです。『大神宮儀式』にめぐり合ったことも思い起こせば、西郷信綱氏の本、さらにその切っ掛けはきっと三浦佑之氏の本だったと思います。人麿の臨死歌がパロディー説も良いでしょう。人麿がサルと名付けられたわけも完成しました。最後には第15章を追加できました。特に、神宮には天皇は参らないタブーがあったことに気がついた事、また神宮に関する考古学の知識にも触れる事ができたのは幸でした。面白い内容になったと満足しています。老後の生き方として、朝の散歩と読書を続けています。数年来、書いて漂流して出来た本が、今回で3冊目になりました。私の読書の成果品です。今回は、思いきって一般書籍として出版することにしました。読んで楽しんで戴ければいいのですが。
　私は今後とも文字を追って楽しんでまいります。

2016年8月12日

南　笠巣

桃食めば神や思ばゆ伊邪那岐の黄泉比良坂での御言葉のこと

葦原の青人草の悩む時助くべしとや言ひし君はも

天皇のもうでぬ神宮偲ぶれどめぐりし世々に涙しながる

波の音寄せては返す伊勢の海猿田の彦のすまう海かな

つつまれて畏怖する霊につつまれて在る幸せにまた帰りこむ

最後に下手な歌を添えてみました。笠巣

附録1

天照大神は日向の生まれだった。

「ニニギノミコト即ち天照大神の孫の降臨」とは、祖母の生地への降臨であった。

複雑な関係は、図化してみる事で、理解が容易になる。しかし、省略が多い。

『記紀』神話の「天照大神」と「スサノオ命」の概略系図

混沌の中から、伊邪那岐神と伊邪那美神とが現れ、八嶋の国土を生み、神々を生んだ。大綿津見神や大山津見神等々。
イザナミは最後に「火の神」を生んで死んだ。イザナギが独りで神を生み続けた。そして死の国にイザナミを訪ねた。

イザナギの死体を見た後の「みそぎ」で
左目から 生まれた 三神 スサノオとの誓約ウケイで生まれた
中ノ瀬から 右目から　**天照大神**　―　正勝吾勝々速日天忍穂耳命
鼻から

月読命
出雲国、大山津見神の子の足名椎の娘
　櫛名田姫　―　大山津見神の娘　**木花知流姫**
　　　　　　　　　八嶋士奴美神
スサノオノミコト
建速須佐之男命　―　**伊怒姫**
　　　　　　　　　　　大年神
　　　神大市姫　　　宇迦之御魂神
　　　大山津見神の娘

母は高皇産霊命の娘
天孫・ホノ ニニギノミコト
天迩岐志 国迩岐志 天津日 日子番能 迩々芸命
大山津見神の娘　**木花佐久夜姫**
　　　　　　　　綿津見神の娘　**豊玉姫**
アマツヒコヒコナギサタケウガヤフキアヘズノミコト
天津日高日子波限建鵜草葺不合命
綿津見神の娘
豊玉姫の妹　**玉依姫**

ホデリノミコト　**火照命**　海幸彦　隼人の阿多君の祖
ホオリノミコト　**火遠理命**　山幸彦　別名・天津日高日子穂々手見命
イツセノミコト　**五瀬命**
ワカミケヌノミコト　**若御毛沼命**　別名・神倭伊波礼彦命 神武天皇・初代

大国魂神　**大国主神**　**事代主神**
オオナムチ、アシハラシコオ、ヤチホコ、ウツシクニタマ、など五つの名
建御名方神

耳で聞く口承物語が、目で読む書物(記紀)に変換され、今ここに、目で見る系図にした。この間の神霊的・文芸的な趣きは
どれだけ変化したのだろう。気の遠くなるような不安と心配が支配したであろう古代と個人的人権の現代との相違を思う。
2015.8.14 南 笠巣

参考　前著から

「青人草」とは、イザナギ命が黄泉の国の軍勢から逃げる時、桃の実を3個取って投げつけて撃退できた、その時、イザナギが桃の実に言った言葉の中にある。

「汝、吾を助けた如く、芦原中ツ国にあらゆる現（ウツ）しき青人草の、
**　　苦しき瀬に落ち患（ワズラ）い悩む時、助くべし」**

生まれては死んでいく、そしてまた生まれる。人は草と同格なのだと。青い「人である草」だと。

三浦祐之氏は言う。「人の起源を語る古層の人々の健全さをうらやましくも感じる」と。

自然と共に生きていく人であり、それ以上のものではない。と理解するのです。

『古事記』にはこんな素晴らしい詞（コトバ）があるのです。

附録2

農耕と歴史・各地と日本（人の移動を考える）　　農耕・環濠集落・国（民族）・戦争

年代	メソポタミア（イラク）	中国	朝鮮	日本
前10,000				土器・土偶の出現
前9,000	狩猟採集民		櫛	九州南部に大集落　上野原遺跡
前8,000	農耕の開始　トークン（粘土製計数具）	黄河流域でアワ作開始	目	縄
前7,000				
前6,000	スタンプ印章の出現		文	縄文海進
前5,000	ウバイド文化期	長江流域で水田稲作開始	土	文
前4,000	灌漑農業の開始	環濠集落の出現	器	
前3,000	ウルク文化期　都市成立　古拙文書／ジェムデト・ナスル期 シュメル		時	三内丸山遺跡　時
前2,000	初期王朝時代　ウル古拙文書／アッカド王朝・サルゴン王ら／ウル第三王朝　法典　古バビロニア時代　ハンムラビ法典 カッシート朝バビロニア　北部に中期アッシリア王国	水田稲作が山東半島へ 夏　（国の出現） 商（殷）　甲骨文字　青銅の祭器	代 南部でアワ作 青銅器出現　水田稲作の開始	代 亀ヶ岡文化の隆盛
前1,000	新アッシリア帝国　新バビロニア帝国　アケメネス朝ペルシア	西周　春秋　孔子ら諸子百家　戦国　秦　始皇帝　郡県制　文字　前漢　前91年『史記』	青銅器時代 三韓 環濠集落の出現　検丹里や松菊里遺跡　鉄の出現　前108年　前漢が征服　楽浪郡	弥生 水田稲作の開始　環濠集落・青銅器出現　板付遺跡　唐古遺跡（奈良県）立岩遺跡（飯塚市）大塚環濠集落（横浜市）
前1　0　キリスト紀元　イスラム紀元	アルサケス朝パルティア　ササン朝ペルシア　ウマイヤ朝　イスラム　アッバース朝	後漢　82年『漢書』　184年　黄巾の乱　239年　卑弥呼の遣使　魏・蜀・呉　東晋・王羲之、陶淵明　晋／　北魏・南朝（宋・斉・梁・陳）　隋　均田制、科挙制　唐　大帝国　755年　安史の乱	204年　独立公孫氏・帯方郡 238年　魏が公孫氏を滅ぼし帯方郡 313年　高句麗が楽浪郡征服　高句麗・百済・新羅　（任那）　三国　仏教ひろまる 新羅　676年　大同江以南を統一　高麗青磁　金属活字	古墳　倭の五王　645年　大化の改新　飛鳥　663年　白村江の敗戦 奈良　712年『古事記』 律令体制へ、
後1,000	モンゴル帝国　イル=ハン国　ティムール帝国　オスマン帝国　イギリス統治　油田と民族の争い　米国が介入し2003年フセイン政権崩壊	宋　1084年『資治通鑑』　南宋　モンゴル帝国　元　明　1557年　ポルトガルがマカオ居住　清　1842年　イギリスに香港割譲　1894年　日清戦争　中華民国／中華人民共和国　2008年　北京オリンピック	1231年　モンゴル侵入 李氏朝鮮　1446年　ハングル制定　1592,7年　秀吉侵入　1894年　日清両国が朝鮮に出兵　1905年　日本が朝鮮保護国　大韓国　1948年　北朝鮮／大韓民国　2002年FIFAサッカー日韓共同開催	貴族政治へ、 鎌倉　武家政権　元寇　室町　戦国　内戦　信長・秀吉、統一　江戸　参勤交代　長崎出島でオランダ交易　外様、天皇は京に 明治～対外戦、1945年敗戦 平成　2011年　大震災、福島原発事故
2,000				

参考文献　『シュメル神話の世界』2008年　岡田・小林著、中公新書の年表　　『弥生ってなに？！』国立歴史民族博物館2014.7企画展示の解説本の年表　但し、西暦0年以後は、私が追加した。　2014.8.20　南　笠巣

附録3

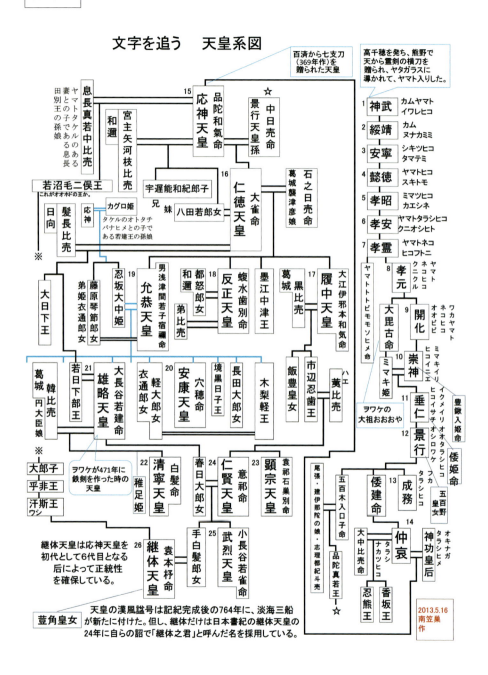

附録4

万葉四歌人の略年表

2016.1.28 南 笠巣・作

年代	額田王	柿本人麿	山上憶良	大伴家持	メモ
600					
625					639 舒明、伊予の湯
	631年 誕生か				(645)蘇我入鹿斬殺
					648,皇極上皇比良宮幸
	648,十市皇女出産				(648)新羅王・唐へ朝貢
650	1-9紀温湯(658)、1-7近江(659)				657,斉明、吉野宮造る
	(661)29歳、1-8熟田津	(654)誕生か			(658)有間皇子謀反
	(667)三輪山1-17,8		(660)誕生か		(660)百済滅亡
	(668)蒲生野狩り1-20,1				(663)白村江大敗
	(671)天智挽歌2-151	(672)壬申の乱参戦か19歳			(672)天武天皇即位
675	(675)十市皇女、伊勢行き	(680)七夕 10-2033			
	(678)十市没、2-156	(681)柿本猨・小錦下			(686) 大津皇子賜死
		(689)草壁挽歌2-167			
		(692)軽皇子安騎狩り1-45	(690)31歳、紀伊従駕歌1-34 2-143		
	(697)67歳、弓削答歌2-112	(696)高市挽歌2-199			(697)持統・軽に譲位
700		(700)明日香女挽歌196	(701)遣唐少録拝命		
		(701) 紀伊幸従 2-146	(702-707)在唐、帰国か		(712) 古事記
		(708)没、柿本佐留、従4位下	(716-720)伯耆守	(718) 誕生か	(720) 日本書紀
			(721)62歳、東宮に侍す。		
725			(726) 筑前国守で赴任		(729)長屋王賜死
			(726.7)令反感情歌5-800,1 子らを思う歌5-802,3	(733)16歳眉引月6-994	
			(732) 懐妊、帰京か。5-892	(740) 広嗣の乱伊勢従6-1029	
			(733.6)辛苦歌5-897。没か	746〜751越中守	
750				(753)19-4292雲雀歌	(751) 懐風藻
				(755) 防人歌募集	(754)真備・太宰大弐
				(759)因幡守20-4516	(758)奈良麿の乱
					(764) 仲麿の乱
					(770)光仁天皇即位
775					
				(785) 没、種継事件で除名	(781)桓武天皇即位
800					
	直木孝次郎『額田王』により、葛野王が大令施行の701年37歳とし、額田王も十市皇女も17歳で出産したとする。但し、弓削答歌112を697年は私の案	梅原猛『水底の歌』に合わせて、土屋文明氏の壬申の乱の時、人麿19歳説を採用した。	三浦佑之『万葉びとの「家族」』誌 ― 律令国家成立の衝撃』(1996年 講談社)の「山上憶良 年譜」による。		
	神の霊言を歌にする巫女体質だったのか？ 宮廷に女性の役どころ（代作者の）があったようだ。	伝承歌を駆使して、共同体の体制側の歌い手だった。表記法が太安万侶の古事記と違う。	社会の矛盾・貧困を初めて歌った人。	古い氏族の衰退を見せる。耐えに耐えたが。万葉集を残した功労者	

南　笠巣（みなみ　かさす）

1943年、群馬県生まれ。日本各地での居住を経験。1966年、大学（土木工学科）を卒業、その道で40年間働き、2005年から年金生活をしている。

ペンネームは『インデアス史』の著者：ラス・カサスに因んでいます。コロンブスに従軍神父として参加し、ある時から黒人奴隷売買に反対した人です。私は到底カサスに及ばないので、南（ナン）とつけました。彼を忘れないために。

伊勢神宮と人麿
倭姫神話と御座所

2016年9月28日　初版発行

著　者　南　笠巣
発行者　中田典昭
発行所　東京図書出版
発売元　株式会社 リフレ出版
　　　　〒113-0021　東京都文京区本駒込 3-10-4
　　　　電話 (03)3823-9171　FAX 0120-41-8080
印　刷　株式会社 ブレイン

© Kasasu Minami
ISBN978-4-86223-993-8 C0021
Printed in Japan 2016
落丁・乱丁はお取替えいたします。

ご意見、ご感想をお寄せ下さい。

［宛先］〒113-0021　東京都文京区本駒込 3-10-4
　　　　東京図書出版